AF281080

ULLA FICHTNER

Tödlicher Sommer auf Föhr

Kriminalroman

Impressum

Bibliografische Information der Deutschen Nationalbibliothek:
Die Deutsche Nationalbibliothek verzeichnet diese Publikation in der
Deutschen Nationalbibliografie; detaillierte bibliografische Daten sind im
Internet über http://dnb.dnb.de abrufbar.

© 2023 Ulla Fichtner

www.ullafichtner.de

Herstellung und Verlag: BoD – Books on Demand, Norderstedt

ISBN: 978-3-7583-0734-8

Kapitel 1

Es war der letzte Schultag vor den großen Ferien.
Vergnügt und lautstark verkündete Lena:
„Supi, endlich Ferien, sechs lange Wochen Sommerferien und das heißt, erst mal keine Schule, keine nervenden Lehrer und keine blöden Mitschüler."
Auch wenn sie, Corona bedingt, in den hinter ihr liegenden Jahren einen hohen Unterrichtsausfall und vorwiegend ‚Home-Schooling' hatte, war Lena froh, alles, was mit Schule einherging, für einige Zeit hinter sich zu lassen.
Die meisten Menschen nervten sie, bis auf ihre engsten Freundinnen, zu denen Kathrin gehörte.
Die blonde Lena tänzelte aufgeregt vor der dunkelhaarigen Kathrin hin und her, die gar nicht auf das Gesagte zu reagieren schien.
Beide waren auf dem Weg von der Schule nach Hause.
Wie immer im ‚Partnerlook', wie sich das für beste Freundinnen gehörte.
Sie trugen gleichfarbige blaue Skinny-Jeans, kurzärmlige T-Shirts und Sneakers. Die Haare waren, bis auf die unterschiedliche Farbe, identisch geschnitten und zu einem Dutt zusammengebunden. Dieser sah aus, wie ein übergroßer Knödel auf dem Kopf.
Dass die beiden dafür von ihren Mitschülern gehänselt wurden, weil sie deren Ansicht nach mit einen Omaknoten durch die Gegend liefen, störte sie nicht.
Die hatten alle keine Ahnung von modischen Trends.

Außerdem empfanden beide das Sommerwetter für zu heiß, um die Haarpracht offen zu tragen.

Was die Kleidung und Haare anbelangte, gestaltete sich das seit ihren gemeinsamen Tagen im Kindergarten so.

Lena war froh, für einige Wochen auf den geliebten Reiterhof zu kommen, der nur wenige Kilometer von ihrem Elternhaus entfernt lag, und der die Möglichkeit bot, dort zu übernachten.

Denn Pferde waren ihr ein und alles.

Ihre Eltern hatten ihr zum zweiten Mal erlaubt, dass sie die Hälfte der Ferien ohne sie verbrachte, obwohl ihre Tochter erst vierzehn Jahre alt war und sich, pubertätsbedingt, seit einiger Zeit unausstehlich benahm.

Nach der endlos langen Phase des Aufeinanderhockens im ‚Lock-Down' erschien es ihnen damals sehr erholsam, drei Wochen ohne ihre ewig nörgelnde Tochter zu verbringen.

Sie versuchten, ihre innige Zweisamkeit als Paar, die Risse aufwies, wieder zu festigen.

Was letztes Jahr gut funktionierte, versprach erneut zu klappen.

Lena gefiel die Idee aus anderen Gründen.

Einen Teil der Ferien ohne Eltern zu verbringen und nur mit ihren Freundinnen, das war etwas Besonderes.

Das versprach, unvergleichlich zu werden.

„Hey Kathrin, was ist los? Bist du nicht happy, dass wir erst Anfang September wieder die Schule aufsuchen?

Du siehst schon den ganzen Tag voll down aus."

Das traf zu. Die Gleichaltrige trottete seit dem Morgen mit einem missmutigen Gesicht durch die Gegend.

An ihrem Versetzungszeugnis lag es nicht. Sie war eine exzellente Schülerin.

Lena runzelte die Stirn und überlegte angestrengt, warum ihre Freundin so traurig war.

„Komm, sag schon, was du hast. Du bist seit heute Morgen so komisch. Fühlst du dich scheiße? Hast du deine Erdbeerwoche?

Ist zu Hause alles in Ordnung? Mach doch mal den Mund auf und sprich mit mir!" bettelte sie ungeduldig.

Beide blieben stehen und Kathrin erzählte leise, warum sie sich nicht so recht auf diese Ferien freute.

„Gestern Abend sagte mein Vater mir, dass wir leider einen Familienurlaub unternehmen."

„Ja und? Was ist denn so grell daran?"

„Ich hatte mich doch so auf die Zeit mit dir, Sarah und Nina auf dem Reiterhof gefreut. Daraus wird nichts. Stattdessen verbringe ich drei langweilige Wochen mit meinem Papa, Hannah und, was das Schlimmste ist, mit Oliver."

„Wie? Du kommst nicht mit? Das war abgemacht. Fahrt doch nach der Zeit auf dem Reiterhof gemeinsam in Urlaub. Wohin düst ihr denn überhaupt?"

„Auf irgend so eine langweilige nordfriesische Insel. Ich glaube sie heißt Föhr. Und später ist es nicht möglich, weil mein Vater dort Versuche für sein neues Forschungsprojekt durchführt.

Die Voraussetzungen dafür sind angeblich nur zu diesem Zeitpunkt optimal.

Die nächsten drei Wochen gehören dazu."

Lena schüttelte vehement den Kopf und sie liefen weiter.

Kathrin trat während ihrer Ausführungen mit aller Wucht gegen eine im Weg stehende Mülltonne, die umfiel.

Gut, dass sie leer war.

Sie hatte keine Ahnung, dass Reiten auf Föhr ein cooler Spaß war und dort hunderte Pferde lebten. Deshalb galt die Insel unter Kennern als die deutsche Pferdeinsel schlechthin.

Vertreten war nicht nur das Holsteinwarmblut, jenes massige Tier, von dem selbst der ungeübteste Reiter nicht herunterfiel. Es gab flinke, bewegliche Renner sowie hochdotierte Welshponies, deutsche Reitponys, blondgelockte Haflinger, wetterfeste Fjordpferde und sogar eine Trakehnerherde. Eben alles, was ein Reiterherz begehrte und höher schlagen ließ.

„So ein Mist", schrie sie und hatte dabei Wuttränen in den Augen.

Besänftigend legte Lena ihren rechten Arm auf Kathrins Schulter.

Sie merkte, dass ihre Freundin maßlos enttäuscht war und beschloss, ihr zu helfen.

„Hey, ich verstehe dich. Aber möglich, dass es doch cool auf der Insel ist.

Wir texten uns täglich und planen gemeinsame Ausflüge für die Zeit danach. Halten uns gegenseitig auf dem Laufenden mit dem, was wir so erleben.

Ich rede mal mit deinem Vater und frage, ob du doch mit zum Reiterhof darfst?

Wenn er seine Versuche dort durchführt, erledigt er das doch besser alleine. Warum müsst ihr alle mitfahren?"

Kathrin war bewusst, dass dieses Vorhaben zum Scheitern verurteilt war, und sie schaute ihre Freundin skeptisch an.

„Das ist lieb von dir. Aber es hat gar keinen Zweck, ihn umzustimmen.

Sein Entschluss steht fest.

Schon aus dem Grund, weil Hannah ihm den Vorschlag mit dem Familienurlaub unterbreitet hat. Du weißt doch, was sie sagt, das wird bei uns vollstreckt.

Alles Reden ist dann total unnütz", erwiderte Kathrin, der Verzweiflung nah.

„Aber Hannah ist gar nicht deine richtige Mutter.

Sie entscheidet nicht, was für dich wichtig ist und wo du dich wohlfühlst.

Außerdem war es schon beschlossene Sache, dass du mit uns kommst."

„Da siehst du mal, was das Wort von Hannah Wert ist. Zuerst war sie ja damit einverstanden, dass ich mit euch fahre. Urplötzlich hat sie es sich anders überlegt und dann meinen Vater vorgeschickt, mit meinem Bruder und mir die Sache zu besprechen.

Oliver ist ebenfalls not amused von dieser Idee. Er ist drei Jahre älter und hatte andere Pläne. Aber Papa meinte, das ist unser letzter gemeinsamer Familienurlaub. In einigen Monaten wird Oliver volljährig, und dann fährt er nicht mehr mit uns. Ich hasse Hannah.

Natürlich sollte ich nicht so über sie reden. Schließlich ist mein Vater, seitdem er sie kennt, wie ausgewechselt, fast so wie früher, als Mama noch lebte.

Er lacht wieder und unternimmt mit uns einiges, falls er nicht arbeitet.

Aber, wenn er von zu Hause abwesend ist, übernimmt sie bei uns das Kommando. Du kennst sie. Sie hat manchmal einen Ton an sich."

Kathrin ballte ihre rechte Hand zu einer Faust.

„Ja ich fühl das. Und bin froh, dass sie nicht bei uns lebt. Die ist total krass. Wie helfe ich dir da raus?", bot Lena an.

Kathrin seufzte.

„Ich muss da alleine durch. Die drei Wochen ziehen vorbei."

„Wie gesagt, versprich mir, dass wir jeden Tag chatten oder zumindest simsen und Fotos schicken, damit wir gegenseitig auf dem Laufenden bleiben und wissen, was beim anderen passiert", schlug Lena vor.

„Auf jeden Fall", antwortete Kathrin.

Schweigend liefen sie weiter. Der Weg nach Hause zog sich eine Weile hin.

Mit dem Fahrrad wären sie schneller, doch dann entfielen die innigen Gespräche miteinander, auf die sie nicht verzichten wollten.

Kathrin rief sich die Zeit ins Gedächtnis, in der ihre Familie glücklich war.

Ihre Mutter lebte damals noch.

Doch die Idylle fand ein jähes Ende, als diese unverhofft, unter rätselhaften Umständen tödlich verunglückte.

Kathrin hatte nie an einen Unfall geglaubt.

Ihre Mutter fuhr damals mit ihrem roten Motorroller, den sie einem Auto vorzog, alleine schon wegen der endlos dauernden Parkplatzsuche, in die Stadt.

Wie jeden Donnerstagnachmittag, außer während der ‚Corona-Zeit', begab sie sich zum fünf Kilometer entfernten Sportcenter. Sie hatte dort einen Kurs belegt.

Für sie die maximal effektivste Methode, schnell wieder gelassener und zufriedener zu werden.

Es regnete, aber das störte sie nicht.

Unmittelbar, nachdem sie in die viel befahrene und leicht abschüssige Hauptstraße einbog, stieß sie gegen einen entgegenkommenden SUV.

Augenblicklich fing der Roller an, zu brennen, inklusive Kathrins Mutter, die starke Brandwunden davontrug und noch am Unfallort verstarb.

Es sah alles nach einem tragischen Verkehrsunfall aus, daran hatte die Polizei keine Zweifel. Sie nahm die Personalien des Unfallfahrers auf, der aus den USA kommend, auf Geschäftsreise in Deutschland war, mit einem gemieteten Wagen.

Selbst nachdem ein Sachverständiger die Überreste des Motorrollers näher untersuchte, kamen diesem keinerlei Bedenken.
Für alle stand fest: Frau Bremeke war durch einen schrecklichen Zusammenstoß, bei dem der Roller Feuer fing, ums Leben gekommen.
Was damals niemand von ihnen kommen sah:
Sie musste sterben, weil eine andere Frau für einige Monate ihre Rolle einnehmen sollte, um so an gewisse Informationen von Roberts Arbeitsergebnissen zu gelangen.
Der inszenierte Unfall lief wie geplant ab.
Der angebliche Amerikaner blieb unauffindbar.

Die Wochen nach ihrem plötzlichen Tod waren grauenvoll. Ihr Vater stand seinen Kindern nicht so bei, wie es in diesem Fall nötig gewesen wäre. Er fand keine tröstenden Worte, keine beruhigenden Gesten, wenn Kathrin nachts, gequält von Alpträumen, schlaflos und lange weinend im Bett wach lag. Sie litt unter Gefühlsschwankungen, hatte Mühe, ruhig zu sitzen, verschlang alles Essen wahllos, um es dann wieder loszuwerden, und hatte an nichts mehr Freude.
Er war nicht der belastbare Mann, der seinem Sohn Antworten gab, wenn dieser fragte, warum ausgerechnet seine Mutter sterben musste. Zu groß war sein eigener Schmerz. Und der hoffnungslose Versuch, mit der neuen Situation fertig zu werden, ließ ihn oft selber verzweifeln und immer unumgänglicher werden.
Obwohl sein äußeres Erscheinungsbild etwas ganz anderes vortäuschte.
Robert war ein Mann von bemerkenswerter Statur und Ausstrahlung.

Seine auffallende Größe von 1,90 cm verlieh ihm eine fast übernatürliche Präsenz.

Er wirkte wie eine imposante Säule der Beständigkeit in einer Welt voller Unberechenbarkeiten.

Die dunklen Locken trug er kurz und praktisch, dennoch fielen sie sofort auf, wenn man ihn ansah.

Sein typisches Outfit, bestehend aus perfekt sitzenden Jeans, einem leicht zerknitterten Hemd und einem lässig darüber geworfenen Sakko, zeugte von einem Mix aus Ungezwungenheit und professioneller Eleganz.

An seinen Füßen trug er stets Sneakers, die eine Spur von Jugendlichkeit und Aktivität in seinen Look einfließen ließen und seinen sportlichen Lebensstil unterstrichen.

Roberts durchtrainierter Körper spiegelte sein Leben von regelmäßigen Besuchen im Fitnessstudio und von einem aktiven Lifestyle wider. Er war nicht nur in den Laboren der Wissenschaft zu Hause, sondern, wann immer sich die Zeit dazu fand, auch auf den Sportplätzen.

Jede seiner Bewegungen war von einer unaufdringlichen Eleganz begleitet, die auf eine Person schließen ließ, die ihren Körper genauso pflegte wie ihren Geist.

Die eckige Brille auf seiner Nase verlieh ihm eine akademische Ernsthaftigkeit. Seine grünen Augen, die hinter den Gläsern lebhaft funkelten, zeugten von einem unaufhörlichen Durst nach Wissen und Erkenntnis.

Trotz seiner modernen äußeren Erscheinung war Robert in seinen Ansichten eher traditionell und konservativ.

Diese Prinzipien spiegelten sich subtil in seinen Worten und Taten wider, verliehen seinem Charakter eine zusätzliche Tiefe und Komplexität.

Sein intensives Engagement für seinen Beruf als promovierter Naturwissenschaftler zeigte sich nicht nur in seinem akademischen Werdegang, sondern ebenfalls in der Art und Weise, wie er über seine Forschung sprach.

Ehrgeizig und hartnäckig verfolgte er wissenschaftliche Durchbrüche und scheute keine Mühe, um den Rätseln der Welt auf den Grund zu gehen und sie zum Wohle der Menschheit einzusetzen.

Seinen Beruf sah er nicht nur als Mittel zum Zweck, denn mit ihm lebte er eine wahre Leidenschaft aus, die in jeder Faser seines Lebens zu vibrieren schien.

Er war nicht nur ein Mann der Wissenschaft, sondern genauso ein Mann der Empfindsamkeit und Menschlichkeit.

Doch nach dem Tod seiner geliebten Frau war alles anders.

Er erwartete, nie wieder glücklich zu sein, und haderte mit seinem Schicksal.

Er vergrub sich in seine Arbeit als Naturwissenschaftler.

Kurz vor dem tragischen Unglück hatte er eine erstaunliche Entdeckung gemacht, von der er sich den großen Erfolg versprach. Sie vereinnahmte ihn so enorm, dass alles andere für ihn unwichtig wurde, einschließlich seiner Kinder.

Für Kathrin und Oliver sorgten unterdessen die Eltern ihrer verstorbenen Mutter. Sie wohnten nicht weit entfernt und bei ihnen bewältigten beide ihre Trauer, soweit das überhaupt möglich war.

Obwohl es den Großeltern nicht leicht fiel, mit dem Tod der geliebten Tochter fertig zu werden, unternahmen sie vieles, um ihren Enkeln das Leben lebenswert erscheinen zu lassen. Und das mit großem Erfolg.

Langsam orientierten sie sich nach außen. Alles schien wieder normal zu verlaufen, bis zu jenem Tag, an dem ihr Vater mit Hannah bei den Großeltern erschien.

Er stellte sie als seine neue Freundin und zukünftige Ehefrau vor, die sich von nun an um Kathrin und Oliver kümmern würde. Jeder war erst einmal verblüfft, vor allem von der auffälligen äußerlichen Ähnlichkeit, die Hannah mit ihrer verstorbenen Mutter und Tochter hatte.
Bis auf den Haarschnitt.
Hannahs Haare waren schulterlang, die Mutter trug sie kurz – und die Kleidung – Hannah war äußerst elegant gekleidet, die Mutter bevorzugte sportliche Kleidung- war es die perfekte Kopie einer Frau, die sechs Monate zuvor ums Leben gekommen war.
Sogar die Stimmlage und die Gesten waren dieselben.
Es war gespenstisch und zugleich faszinierend, wie sich zwei Menschen dermaßen ähneln konnten.
Kathrin erinnerte sich, dass es ihr Großvater war, der, nachdem er den ersten Schock überwunden hatte, fragte, wie es denn weiterging.
Daraufhin antwortete ihr Vater, dass das doch klar sei.
Da Hannah ab sofort bei ihm wohnte, kämen die Kinder wieder zurück, um in ihrem Elternhaus zu leben. Er wies sie an, ihre Sachen zu packen, um dann gemeinsam heimwärts zu fahren.
Den Großeltern dankte er für ihre Hilfe. Sie könnten jederzeit, nach telefonischer Voranmeldung, zu Besuch kommen, und sich aus der Erziehung der Kinder von jetzt an raushalten.
Die Hochzeit würde in der nächsten Woche stattfinden, damit man schnellstmöglich wieder eine normale Familie wäre.
Das Trauerjahr wolle er nicht abwarten.
Er sei froh, dass er relativ schnell eine so wundervolle Frau wie Hannah gefunden habe, die ihn über die

schrecklichsten Monate seines Lebens hinweg half und die seiner verstorbenen Frau so ähnlich sei.

Die Großeltern und Kinder bat er um Verständnis für seine Situation. So wäre es für alle das Beste.

Außerdem stünden seine wissenschaftlichen Forschungen kurz vor dem Abschluss.

Für sie benötigte er seine ganze Kraft. Aus diesem Grund sei es für ihn wichtig zu wissen, dass sich die Kinder bei Hannah in den besten Händen befänden.

Er vertrat seine Meinung mit so großem Enthusiasmus, dass keiner der Anwesenden zu widersprechen wagte.

Erst in ihrem Zimmer im Elternhaus fragte sich Kathrin, ob diese Entscheidung das Beste für ihre Zukunft sei.

Sie vermutete schon damals, dass die Geschehnisse nicht mit rechten Dingen zugingen.

Das war vor genau drei Monaten. Kurz darauf heirateten Robert und Hannah standesamtlich.

Außer den Trauzeugen, bei denen es sich um Kollegen ihres Vaters handelte, sowie Kathrin und Oliver waren keine Hochzeitsgäste anwesend.

Die Großeltern hatten, ohne jegliche Begründung, die Einladung abgelehnt.

Weitere Verwandte gab es weder von ihrer noch von Hannahs Seite. Die Freunde ihrer Eltern hatten sich kurz nach der Beerdigung von ihnen abgewandt, da Robert sich in seiner Persönlichkeit veränderte und keinen Wert mehr auf, wie er es nannte, ‚Smalltalk‘ und ‚Oberflächlichkeit‘ legte.

Das Leben der Kinder wurde jedoch keineswegs besser, wie Robert es versprochen hatte.

Es vollzog sich eine Zeit der lückenlosen Kontrolle durch Hannah.

Nach der Schule mussten Kathrin und Oliver immer auf dem schnellsten Weg heimkommen. Dann wurde eilig gegessen und die Hausaufgaben angefertigt.

Anschließend durften die beiden zwar ihre Freunde einladen, aber mit ihnen etwas außerhalb des Hauses unternehmen, funktionierte nur, wenn Hannah dabei war. Sie mischte sich überall ein, wusste alles besser.

Das Schlimmste für Kathrin vollzog sich mit der Abgabe ihrer über alles geliebten silbernen Katze namens ‚Plata‘, einer ‚British Langhaar‘, die einer Perserkatze glich, an das örtliche Tierheim. Angeblich reagierte Hannah allergisch auf die Katzenhaare.

Sie täuschte geschickt langanhaltende Nies- und Hustenattacken vor und bearbeitete Robert so lange, bis er das Tier eines Abends, Kathrin hielt sich in ihrem Zimmer auf, einfing und im Tierasyl abgab.

Den Schock, den seine Tochter am anderen Morgen bekam, nachdem er sie vor die vollendete Tatsache gestellt hatte, ignorierte er mit der Unterstützung seiner neuen Frau.

Der einzige Lichtblick für Kathrin war die Aussicht auf die Reiterferien, die sie endlich aus dieser totalen Kontrolle herausbringen sollten.

Aber selbst diese Hoffnung zerschlug Hannah.

Am Vortag des gemeinsam geplanten Urlaubs fühlte sie sich hilflos und verzweifelt.

„Hey, wo läufst du denn hin. Du wohnst doch hier“, rief Lena Kathrin zu, als diese in Gedanken versunken an ihrem Elternhaus vorbeilief.

„Ach.“, sagte sie. „Sind wir schon da? Heute kommt mir der Weg gar nicht so lange vor. Na ja, dann werde ich jetzt mal reingehen und nach dem Essen meine Sachen packen.

Morgen fahren wir in aller Frühe los. Und das heißt, du und ich sehen uns erst in einigen Wochen wieder.
Viel Spaß auf dem Reiterhof."
Traurig sah Lena sie an.
„Jetzt, wo du es sagst, kommen mir die nächsten Wochen ohne dich leider nicht mehr so supi vor.
Aber, wir simsen und chatten, wie verabredet, täglich!", betonte Lena.
„Tolle Idee", erwiderte Kathrin. „Wunder dich nicht, wenn die Inhalte meiner Mails langweilig sind. Ich glaube nicht, dass es auf dieser Insel irgendetwas zu erleben gibt.
Ich teile dir bestimmt nicht jeden Tag Neuigkeiten mit.
Hätte mein Vater wenigstens Sylt für seine Versuche ausgesucht, da ist was los.
Auf Föhr ist tote Hose. Das meint Oliver auch. Dort ist es total eintönig. Es gibt keine Großstadt, nur Dörfer, wenig Verkehr und eine endlos erscheinende Deichlandschaft mit blöden, blökenden Schafen und unzählig vielen Rindviechern.
Eben eine platte, grüne Schüssel, 82 Quadratkilometer groß, umgeben von schlickigem Watt, in dem sich allerlei Getier tummelt. Oliver hat es im Internet recherchiert.
Igitt", Kathrin verzog das Gesicht und schüttelte sich.
„Alleine schon bei dem Gedanken wird mir übel. Du weißt, dass ich diese Krabbeltiere schrecklich finde.
Sonst mag ich alle Tiere, aber diese Krabbelviehcher... "
„Kopf hoch. Es wird bestimmt nicht so krass, wie du es dir im Moment vorstellst."
Lena war im Begriff weiter zu sprechen, aber da sah sie die Gestalt von Hannah in der offenen Haustür stehen.
Diese bedeutete Kathrin mit einer Geste, endlich ins Haus zu kommen.

„Ich glaube, du musst jetzt los", sagte Lena nur und blickte dabei zum Haus.

Kathrin drehte sich ebenfalls in diese Richtung und sah, dass Hannah verärgert schien, da sie nicht sofort auf ihre Geste reagierte.

Schnell flüsterte sie Lena zu:

„Ich schreibe dir bestimmt. Hoffentlich sind deine Ferien vergnüglicher.

Hab Spaß und bitte grüße die anderen von mir."

Sie umarmten sich innig. Dann gaben sie sich, die zu ihrem Begrüßungs- und Verabschiedungsritual entsprechenden Wangenküsschen auf jede Seite und versuchten zu lächeln, was beiden schwerfiel.

„Yolo", brachte Lena noch über ihre Lippen und formte mit ihrer rechten Hand das ‚Victory-Zeichen'.

Dann trennten sich ihre Wege. Kathrin trottete langsam und missmutig den schmalen Vorgartenweg entlang.

Wie sie diese Kontrolle von Hannah hasste.

Nichts entging ihrem Blick. Grauenvoller war es in einem Gefängnis ihrer Meinung nach nicht.

Die einzige unbeobachtete Zone war die Schule, zumindest der Unterricht.

Denn an manchen Tagen fiel es Hannah ‚spontan' ein, sie draußen vor dem Schultor zu ‚überraschen' und sie nach Hause zu begleiten.

Kathrin überlegte schon lange, welche Beweggründe Hannah für ihr Handeln hatte. Sie war doch kein kleines Kind mehr, das eine ständige Beaufsichtigung benötigte.

Ihre Mutter war da anders. Sie hatte stets dafür gesorgt, dass ihre Sprösslinge früh selbständig wurden und etwas alleine unternahmen.

Wenn Oliver und Kathrin ihren Vater auf das Verhalten der Stiefmutter ansprachen, dann gab dieser zur Antwort, sie müssten Verständnis für Hannahs Situation haben. Sie wolle alles hundertprozentig erledigen und nur das Beste für die beiden. Sie hätte keine Erfahrung mit eigenem Nachwuchs. Für sie wäre das Neuland.

Wenn die Kinder ihr etwas mehr Entgegenkommen zeigten, dann liefe das gemeinsame Leben schon bald stressfreier ab.

Robert hatte immer Verständnis für seine zweite Frau, aber neuerdings recht wenig für seine Kinder.

„Wo kommst du jetzt her?", keifte Hannah sie an.

„Woher? Von der Schule", antwortete Kathrin schnippisch zurück. Sie war versucht, etwas Patziges anzufügen, schluckte es jedoch lieber hinunter.

„Dein Schulweg dauert maximal zwanzig Minuten. Ich warte hier mit dem Essen auf dich schon über eine halbe Stunde. Ich wünsche eine Erklärung von dir."

„Ich habe mich mit Lena unterhalten und dabei etwas die Zeit vergessen. Entschuldige bitte. Die nächsten Wochen wird es nicht wieder vorkommen."

„Das kommt überhaupt nicht mehr vor. Haben wir uns verstanden? Du nimmst demnächst immer den direkten Weg nach Hause, ansonsten hole ich dich gerne mit dem Wagen ab."

Als Hannah das sagte, grinste sie verdächtig.

„Du bist eine böse, gemeine Bitch und irgendwann wirst du verbrannt, wie alle Hexen", resümierte Kathrin, erwiderte aber betont freundlich:

„Ich werde ab jetzt immer pünktlich sein. Was gibt es denn zu essen?"

„Oliver und ich hatten eine leckere Linsensuppe. Die ist jetzt kalt. Wenn du Hunger hast, wärme sie wieder auf.

Ich bin damit beschäftigt, den Koffer einzuräumen.

Denk daran, nach dem Essen deine Habseligkeiten zusammen zu packen. Und vergiss nicht die Hälfte.

Ich habe dir einen Zettel auf das Bett gelegt.

Darauf stehen alle Sachen, die du unbedingt benötigst. Komm mir nicht auf die Idee, nutzlosen Kram mit zu schleppen, dafür ist kein Platz im Wagen. Ich kontrolliere nochmals alles, wenn du fertig bist."

Mit diesen Worten entschwand sie in das Schlafzimmer und Kathrin hatte erst einmal Gelegenheit, sich in aller Ruhe die Suppe aufzuwärmen und zu essen.

Nachdem sie gegessen und das schmutzige Geschirr in den Geschirrspüler gepackt hatte, schlürfte sie hoch in ihr Zimmer.

Auf dem Weg dorthin kam sie an Olivers Refugium vorbei.

Sie klopfte an und schlenderte hinein. Ihr Bruder lag mit geschlossenen Augen und earbuds auf seinem Bett.

Anscheinend hörte er Musik, denn seine Füße wippten im gleichförmigen Takt. Zuerst bemerkte er nicht, dass seine Schwester im Zimmer stand.

Erst, als sie ihn an seiner Schulter antippte, öffnete er erschrocken die Augen.

Erleichtert sah er, dass Kathrin und nicht Hannah vor ihm stand.

„Hast du schon deine Sachen gepackt?", fragte sie ihn.

„Bis auf ein paar Kleinigkeiten habe ich alles zusammen", antwortete er.

„Du weißt, dass Hannah kontrolliert, was wir mitnehmen?"

„Meinst du, sie guckt alles noch mal nach?", fragte er ungläubig.

„Ja. Nimmst du Schwimmflossen und Schnorchel mit?"

„Klaro. Schnorcheln ist doch das einzige Vergnügen, dass ich auf der Insel haben werde", antwortete er.

„Hoffentlich passt das ins Auto. Ich gehe dann mal und sehe zu, dass ich meinen Kram zusammenräume.

Wann kommt Papa denn heute? Hat er dir etwas gesagt?"

„Ich habe mitbekommen, wie er zu Hannah meinte, dass er rechtzeitig hier ist, um den Wagen schon mal startklar zu bekommen.

Eine genaue Uhrzeit hat er nicht genannt. Wie ist denn dein Zeugnis ausgefallen?", erkundigte er sich interessiert.

„Nett, dass du fragst. Hannah scheint es nicht zu interessieren. Wenigstens etwas, das für sie gleichgültig ist.

Ich beklage mich nicht. Die schlechteste Note ist eine Drei, in Mathe, dann habe ich eine Zwei in Sport und ansonsten nur Einser. Und wie sieht es bei dir aus?"

„Ich bin zufrieden. In Bio reichte es zwar nur für eine Vier. Das wird Papa gar nicht gefallen, aber in den anderen Fächern stehe ich insgesamt glatt zwei. Das kann sich doch sehen lassen, oder?"

„Finde ich auch", unterstützte sie ihren Bruder.

Kathrin war im Begriff, Olivers Zimmer zu verlassen, da stand wie aus dem Nichts, Hannah vor ihr.

„Habe ich dir nicht vorhin erklärt, was du zu tun hast?"

Mit verschränkten Armen platzierte sie sich vor dem Mädchen und man merkte ihr an, dass sie innerlich aufgewühlt war.

„Ja, ich bin schon auf dem Weg", entgegnete Kathrin mürrisch und wollte sich an ihr vorbeischleichen.

Hannah rührte sich jedoch nicht vom Fleck.

„Das ich dir immer alles mehrmals sagen muss, bevor du es dann umsetzt. Du bist mir gegenüber bockig.

Ich denke, es ist mal wieder soweit, Robert über dein Verhalten zu unterrichten. Ob ihm das so kurz vor unserer Abreise gefallen wird, weiß ich nicht, aber es ist erforderlich. So wie du dich heute aufgeführt hast, sehe ich keinen anderen Ausweg."

Oliver mischte sich in das Gespräch ein.

„Was hat sie denn Schreckliches angestellt? Sie hat sich mit mir unterhalten. Das wird doch erlaubt sein unter Geschwistern."

Mit einem süffisanten Lächeln sah Hannah Oliver an.

„Darum geht es doch gar nicht. Sie hat von mir eine Aufgabe bekommen und die hat sie gefälligst zu erledigen. Ich habe keine Lust, mich heute Nacht weiterhin mit dem Thema ‚Koffer packen' zu beschäftigen."

Unten fiel die Tür ins Schloss. Robert kam herein.

„Hallo, wo seid ihr denn alle?", rief er durch das ganze Haus.

Augenblicklich bekam Hannahs Stimme einen zuckersüßen Unterton und sie antwortete:

„Robert, wir sind hier oben und brauchen dringend deinen Rat. Könntest du bitte mal heraufkommen?"

Eilig und immer zwei Stufen auf einmal nehmend, schwang er sich die Treppe hoch.

Zuerst bekam Hannah einen Kuss, mitten auf den Mund, dann begrüßte er beiläufig seine Kinder.

„Was gibt es denn, mein Schatz?", fragte er erwartungsvoll.

Ohne zwischendurch Luft zu holen fing Hannah an, sich über Kathrin zu beschweren.

„Ich finde es angebracht, dass du mit deiner Tochter ein paar Takte sprichst. Ich habe ihr heute Morgen, bevor sie sich auf den Weg zur Schule machte gesagt, dass sie ihre Sachen für unseren gemeinsamen Urlaub packt, sobald sie nach Hause kommt.

Nicht nur, dass sie sich enorm verspätete– das Essen war schon kalt. Da koche ich die leckersten Mahlzeiten und es wird eh nicht gewürdigt. Nein, sie trödelt hier nur herum, unterhält sich lieber mit ihrem Bruder, anstatt sich um die aufgetragenen Aufgaben zu kümmern.
Robert, so läuft das nicht", beschwerte sie sich.
Zu Kathrin gewandt und diese prüfend ansehend fragte dieser:
„Ist das so, wie Hannah es gesagt hat?"
„Wenn ich dir erkläre, dass es nicht stimmt, würdest du mir dann glauben, Papa?", fragte Kathrin resigniert zurück.
Hannah mischte sich ein und in einem wütenden Tonfall gab sie von sich:
„Was heißt das, wenn es nicht stimmt?
Selbstverständlich war es so, wie ich es geschildert habe."
Ohne sich Kathrins Schilderung anzuhören, sagte Robert:
„Geh bitte augenblicklich in dein Zimmer und beschäftige dich mit dem, was dir Hannah aufgetragen hat. Wir reden morgen über alles, fahren früh los, um nicht im Stau zu stehen und zügig dort anzukommen. Auf der Insel haben wir dann genügend Zeit, uns über einige Missverständnisse zu unterhalten."
Wieder hatte er sich auf Hannahs Seite geschlagen.
Was fand er nur – mal abgesehen von der immensen Ähnlichkeit, die sie mit ihrer verstorbenen Mutter hatte – an dieser Frau.
Charakterlich war sie das Mieseste, was die Geschwister jemals erlebt hatten.
Insgeheim hofften sie, es würde ihr etwas zustoßen und beide für immer von ihr befreien, auch auf die Gefahr hin, dass ihr Vater dann wieder in seine lethargische Verhaltensweise zurückfiel.

Nettes, vor allem Zuspruch und Hilfe, hatten sie in ihrer gegenwärtigen Situation nicht von ihm zu erwarten.

Bedrückt stampfte Kathrin in ihr Zimmer und schloss laut hinter sich die Tür.

Ihr Koffer lag auf dem Bett, neben dem Zettel von Hannah, und er war schon aufgeschlagen.

Kathrin nahm das Stück Papier in ihre rechte Hand, las, was dort stand und kramte missmutig die darauf verzeichneten Sachen aus ihrem Schrank.

Der Koffer füllte sich. Viel Platz blieb nicht mehr, eventuell passte ihr Kulturbeutel noch hinein.

Unbedingt mitnehmen würde sie ihre riesige Sammlung an Pferdehaarspangen. Aber die Pferdebücher, die sie ebenfalls einzupacken gedachte, hätte sie in einer extra Tasche verstauen müssen, und das gab dann wieder Ärger mit Hannah, die streng beäugte, dass die Kinder nur das Nötigste mitnahmen.

„Stiefmütter", brabbelte Kathrin vor sich hin.

„Nicht nur im Märchen sind sie böse, arglistig, feindselig und unmenschlich. Hannah ist dafür der beste lebende Beweis."

Sie schloss den Koffer, stellte ihn vor dem Schrank ab und ließ sich schwermütig auf ihr Bett fallen.

Die Erinnerung an die schmerzhafte Zeit nach dem Tod ihrer Mutter überkam sie und überwältigte sie erneut.

Der Gedanke, dass der tragische Unfalltod ihrer Mutter, kein Unfall war, setzte sich in ihrem Kopf fest.

Sie grübelte abermals über die Art und Weise nach, wie Roberts neue Ehefrau in das Leben ihrer Familie getreten war. Das erschien zu perfekt, zu manipulativ.

Kathrin hatte nie das Gefühl, dass Hannah es aufrichtig meinte.

Sie erinnerte sich an Situationen, in denen diese penetrant versuchte, den Vater gegen sie und Oliver aufzuhetzen. Die boshaften Blicke und die herablassenden Kommentare hatten Kathrin von Anfang an misstrauisch werden lassen. Irgendetwas stimmte nicht mit dieser Frau.

Ein Gefühl von Beklemmung überkam Kathrin, als sie sich vorstellte, dass Hannah vielleicht hinter dem Tod ihrer Mutter steckte.

War es möglich, dass sie sich so skrupellos verhielt?

Aber warum sollte sie ihre eigene Ähnlichkeit mit Kathrins Mutter ausnutzen?

Es ergab keinen Sinn.

Trotzdem nagte der Verdacht an ihr und ließ sie nicht zur Ruhe kommen. Sie beschloss, alleine herauszufinden, was Hannah im Schilde führte.

Sie erzählte niemandem davon, nicht einmal Lena.

Es gab keinen Menschen, dem sie vertraute.

Entschlossenheit blitzte in ihren Augen auf. Ab heute würde sie eigene Nachforschungen anstellen und Beweise sammeln.

Womöglich fand sie etwas, das ihre Zweifel bestätigte oder sie widerlegte.

Egal, was passierte, sie würde nicht zulassen, dass Hannah ihre Familie weiterhin kontrollierte.

Es klopfte an der Tür und ihr Vater trat ein.

„Alles gepackt?", fragte er.

„Ja, bis auf meine Bücher."

Kathrin ergriff die Chance, ihren Vater endlich alleine zu sprechen und es sprudelte aus ihr heraus.

„Papa, darf ich dich mal was fragen?"

„Sicher. Was hast du denn auf dem Herzen?", hakte er verständnisvoll nach.

„Die Sache mit dem Reiterhof habe ich aufgegeben, und ich beklage mich nicht mehr darüber, dass wir auf diese kleine Insel fahren, auf der rein gar nichts los sein wird.

Aber, warum nehmen wir Hannah mit? Warum bleibt sie nicht hier? Oliver und ich sind groß genug, um auf uns aufzupassen.

Wir verhalten uns bei deinen wichtigen Untersuchungen tadellos. Wir möchten mal wieder nur etwas mit dir alleine unternehmen, ohne sie. Sie mischt sich ständig in unsere Angelegenheiten, das sieht Oliver genauso."

Sie holte Luft, zum Weiterreden, aber ihr Vater unterbrach sie.

„Dieses Thema brauchen wir nicht zu diskutieren.

Sie gehört mit zu unserer Familie und deshalb fahren wir zusammen.

Bitte Kathrin, mach es uns nicht so schwer.

Ich begreife nicht, warum du so eifersüchtig auf Hannah bist. Sie will doch nur, dass wir uns alle wohl fühlen. Würde Mama noch bei uns sein, dann wäre sie auch dabei."

„Wenn Mama noch leben würde, wäre sowieso alles anders", erwiderte Kathrin nur leise.

Sie bemerkten nicht, dass Hannah sie seit einer Weile beobachtete, und genau mitbekam, was die beiden miteinander beredeten.

„Dieses kleine Biest", dachte diese bei sich.

„Sie versucht weiterhin mit allen Mitteln, mich gegen ihren Vater auszuspielen.

Das passt nicht in meinen Plan und das wird sie bereuen.

Auf der Insel wird sich eine Gelegenheit finden, um ihr dieses Verhalten ein für alle Mal auszutreiben.

Und ergibt es sich nicht von alleine, dann bin ich eben gezwungen, etwas nachzuhelfen. Sie wird merken, was es heißt, mich zur Gegnerin zu haben. So leicht kommt sie mir nicht davon."

Sie schlich sich zurück ins Schlafzimmer und versuchte, mit ihrer ‚Säuselstimme', ihren Mann wieder zu becircen.

„Robert, Liebster, hilfst du mir, bitte. Ich bekomme den Koffer nicht zu und brauche einen kräftigen Mann, der sich mal eben obendrauf setzt. Dann kannst du ihn schon runtertragen und in den Wagen verfrachten."

„Ich bin gleich bei dir", antwortete dieser und zu Kathrin gewandt betonte er nochmals, sie solle sich etwas mehr Mühe im Umgang mit Hannah geben.

Insgeheim hoffte er, dass sich ihr Verhältnis im Urlaub entspannte.

Das war für ihn ein entscheidender Grund, weshalb er sich für diese ‚Familien-Arbeitsreise' entschieden hatte.

Nach Abschluss der folgenden drei Wochen wollte er nicht nur seine spektakuläre Entdeckung der Öffentlichkeit präsentieren, sondern wieder ein friedvolles Familienleben führen.

Dann würde er sich mehr seinen Kindern widmen, denen gegenüber er ein hundsmiserabeles Gewissen hatte.

Er war überzeugt, dass Hannah die perfekte Lösung für seine Familienmisere war und dass ihr damaliges Zusammentreffen einer himmlischen Fügung gleichkam.

Zum ersten Mal erblickte er sie im Foyer des Forschungsinstituts, in dem er eine leitende Position bekleidete.

Damals fand dort eine Veranstaltung statt, die sich mit Roberts Schwerpunktthema ‚Meeresbiologie' beschäftigte.

Anschließend gab es ein lockeres Beisammensein aller Wissenschaftler am riesig aufgebauten Büffet.

Bei dieser Gelegenheit traf er zum ersten Mal auf Hannah, und zwar im wahrsten Sinne des Wortes.

Irgendein Tölpel hatte ihn angerempelt und Robert trat so ungehobelt zurück, dass er auf Hannah traf und diese fast umwarf. Sie schrie auf, er entschuldigte sich sofort, sah sie aber nur von hinten.

Als sie sich langsam umdrehte, und ihn mit einem entwaffnenden Lächeln ansah, meinte er im ersten Augenblick, einen Geist zu sehen.

Seine verstorbene Frau stand vor ihm mit langem Haar und schön wie ein Engel. Erst langsam begriff er, dass sie es nicht war.

Die Frau stellte sich ihm mit Namen Hannah Thielen vor. Sie war angeblich eine Assistentin des Vorstandes bei einer Pharmafirma und begleitete ihren Chef auf einer Vortragsreise, zu der diese Veranstaltung zählte.

Robert war sofort von ihr hellauf begeistert. Sie erinnerte ihn so an seine, von ihm geliebte verstorbene Frau, dass er Ungereimtheiten, hinsichtlich ihres Berufes und der Firma, in der sie angeblich arbeitete, ignorierte und nicht weiter hinterfragte. Hätte er schon damals Nachforschungen über sie angestellt, dann wäre ihm im Nachhinein so manches erspart geblieben.

Er hätte herausgefunden, dass sie schon seit Jahren für diverse Firmen und Staaten ihre Spitzelfähigkeiten anbot und sich herrschaftlich entlohnen ließ.

So aber erzählte sie ihm eine ihrer herzerweichenden Tarngeschichten und er fiel darauf rein.

Äußerlich waren bei ihr nur kleinere kosmetische Korrekturen notwendig, um sie fast so aussehen zu lassen, wie seine verstorbene Frau.

Er war blind vor wiedergefundener, vorgespielter Liebe. Und er übersah so viele Hinweise, die ihn hätten stutzig machen müssen.

Im Gegenteil.

Für ihn ging es nicht schnell genug.

Er war versessen darauf, sie unbedingt zu heiraten und mit ihr dort an sein Leben anknüpfen, wo es jäh mit dem Tod seiner Frau abriss und für immer verloren zu sein schien.

Er musste sie nicht lange zur Heirat überreden.

Sie war sofort begeistert von dieser Idee und stimmte hocherfreut zu.

Die Kinder wären kein Problem, sie liebe sie und wolle so schnell wie möglich gerne eigene haben. Jetzt, da sie ihren Traummann gefunden hätte.

Robert war überglücklich und froh, dass sich das Ganze so hervorragend fügte. Das alles nur vorgetäuscht und eine Lüge war, erkannte er nicht.

Ebenso wenig erahnte er, dass seine Zukunft, seine Sicherheit und sein Überleben auf dem Spiel standen.

Im Schlafzimmer angekommen, setzte er sich auf den Koffer.

Sofort erteilte sie ihm den Befehl:

„Wenn wir dieses Ungetüm zubekommen haben, dann trägst du ihn mit den anderen Sachen, die ich schon nach unten in den Flur gestellt habe, in den Wagen um ihn dort zu verstauen. Haben die Kinder endlich ihre Habseligkeiten gepackt?", fragte Hannah ungeduldig.

„Das haben sie. Den Rest bringe ich morgen in der Dachbox unter."

Robert schickte sich an, den Koffer hochzuheben, um ihn herunter zu tragen, da verschloss Hannah die

Schlafzimmertür, warf ihn zu seiner Überraschung auf das Bett und flüsterte ihm ins Ohr.

„Ach Robert, ich freue mich ja so. Endlich bleibt dort etwas gemeinsame Zeit zum Entspannen. Wir haben mehr Ruhe als hier, unternehmen romantische Wanderungen und Fahrradtouren.

Ich habe mir überlegt, wir könnten uns einen Strandkorb mieten und von ihm aus am herrlichen Strand die Wellen beobachten.

Abends gehen wir schick essen, dann muss ich mittags nicht selber kochen. Versprich mir, dass wir mal was ohne die Kinder unternehmen."

Wieder setzte sie ihr verführerisches Lächeln auf, dem er nicht widerstand.

„Natürlich. Sie sind bestimmt froh, wenn wir ihnen ein bisschen Freiraum lassen.

Kathrin ist eh schon enttäuscht, dass es mit ihrem geliebten Reiterhof und den Freundinnen nicht geklappt hat", antwortete er.

„Du verwöhnst und verhätschelst sie. Muss sie denn immer ihren Kopf durchsetzten? Oliver ist da bescheidener. Mit ihm ist es möglich, wie mit einem Erwachsenen zu reden.

Aber Kathrin, sie ist neuerdings verstockt. Alles, was ich ihr sage, hinterfragt sie erst einmal.

Sie kommt zu spät von der Schule, so dass ich mir Sorgen mache. Mein Essen ist ihr nicht schmackhaft genug.

Unser gemeinsamer Urlaub passt ihr ebenfalls nicht.

Und was ich am schlimmsten empfinde, sie hat etwas dagegen, dass wir zusammen sind und versucht, uns auf diese Art auseinanderzubringen."

Hannah spielte die aufopfernde, eingeschnappte und missverstandene Stiefmutterkarte voll aus.

Sie arbeitete darauf hin, Robert davon zu überzeugen, dass Kathrin ihrer Beziehung kritisch gegenüberstand und es besser wäre, sie in ein Internat abzuschieben.

Von dort aus stünde sie ihrem Plan nicht mehr im Wege.

Mit Oliver würde sie spielend fertig. Pubertierende Jüngelchen hatte sie schon immer für ihre Zwecke eingespannt.

Letztlich verfielen ihr alle Männer, wenn sie es darauf anlegte.

Berufsbedingt hinterließ sie eine Schneise der Verwüstung, was gebrochene Männerherzen anbelangte.

Sie war ein Vamp. Eine verführerische, erotisch anziehende Frau und gleichzeitig kalt und berechnend.

Dafür verstellte sie sich nicht. Es lag in ihren Genen und gestaltete sich von Vorteil bei ihrer Berufsausübung.

Jetzt war es an der Zeit, Robert davon zu überzeugen, dass es für alle Beteiligten besser wäre, seine Tochter nach den Ferien weit wegzuschicken. Es sei denn, die Sache würde sich auf der Insel von alleine erledigen.

Robert sah Hannah bedrückt an.

Er vergötterte sie, aber er liebte ebenso seine Tochter und er hoffte endlich auf Frieden im Haus.

Er erhob sich vom Bett und sagte, während er sich in Richtung Flur bewegte:

„Ich verstehe dich. Mir ist bewusst, dass du dich aufopfernd um die beiden kümmerst.

Aber Kathrin war schon immer rebellischer als Oliver.

Sie hinterfragt alles. In dieser Hinsicht kommt sie auf mich. Gib ihr ein wenig Zeit.

Sie hat erst vor ein paar Monaten ihre Mutter verloren und den Schmerz nicht überwunden. Ich verspreche dir, dass ich mit ihr rede."

Missmutig hörte Hannah das Gesagte und gab dazu vorerst keinen weiteren Kommentar ab.

Ihre große Stunde würde kommen, schon bald.

Da war sie sicher.

Kapitel 2

Am nächsten Morgen fuhren sie in aller Frühe los. Der Wecker klingelte um halb fünf. Das Frühstück fiel aus, da die Familie plante, unterwegs an einer Raststätte anzuhalten.

Hannah hatte aus Prinzip zwei Pferdebücher von Kathrin wieder ausgepackt. Oliver durfte alles mitnehmen, was er sich zusammengestellt hatte. Die Fähre setzte gegen Mittag über.

Nach zwei Stunden Fahrt standen sie auf der Autobahn in einem kilometerlangen Stau. Verursacht durch eine Großbaustelle, war ein Vorwärtskommen unmöglich.

Nur mühsam kamen sie im ‚Stopp and Go Verfahren‘ voran. Dann kamen sie endgültig zum Stehen. Nichts fuhr mehr und das für über eine Stunde, da es einige hundert Meter vor ihnen zu einem Auffahrunfall kam.

Die Stimmung im Wagen wurde zunehmend gereizter.

„Gibt es keine andere Route dorthin?", fragte Hannah schon total aggressiv.

„Das hier ist der schnellste Weg Richtung Dagebüll", gab Robert beruhigend zur Antwort.

„Der schnellste Weg, das ich nicht lache", motzte Hannah zurück.

„Steig doch aus und versuche, anders zum Schiff zu gelangen oder wieder nach Hause zu fahren", mischte Kathrin sich ein und überlegte bei sich, dass dies für alle Beteiligten am vernünftigsten wäre.

Oliver hielt sich raus. Er hatte seine earbuds eingestöpselt und war in eine andere Welt versunken.

„Hat dich irgendjemand um deinen Kommentar gebeten?", zischte Hannah zurück.

„Hört auf, euch zu streiten", versuchte Robert zu schlichten.

Sie passierten die beteiligten Unfall- und Polizeiwagen und er erkannte:

„Dahinten ist die Baustelle zu Ende und dann wird es wieder schneller weitergehen."

Auch, wenn er damit Recht hatte, die Fähre zur Mittagszeit verpassten sie und warteten angespannt auf die Nächste.

Das Frühstück an der Raststätte fiel aus und jeder hatte inzwischen einen Riesenhunger bekommen.

Nachdem Robert am Schalter der Fährgesellschaft das benötigte Ticket für die Überfahrt gekauft hatte, liefen alle zur nächsten Imbissbude und genehmigten sich eine Portion Pommes Rot-Weiß.

Kurz darauf traf die Fähre ein, mit der sie übersetzten.

Der Wagen fuhr aufs Schiff und der Einweiser bedeutete Robert direkt hinter einem zweistöckigen Viehtransporter, der mit Schweinen beladen war, zu parken.

Das Autokennzeichen aus München ließ darauf schließen, dass die Tiere eine äußerst lange Strecke hinter sich hatten.

„Puh, das ist aber ein bestialischer Gestank", entfuhr es Hannah.

„Es ist mir unmöglich, hierzubleiben. Ich gehe hoch an Deck und an die frische Luft."

„Es ist angebracht, dass wir alle mitkommen", sagte Robert und bedeutete seinen Kindern, ebenfalls den Wagen zu verlassen.

Kathrin, die nicht nur in Pferde, sondern in alle Tiere vernarrt war, bis auf ‚Krabbelgetier‘, und der die Natur am Herzen lag, erinnerte sich an ein von ihr vor kurzem gehaltenes Referat im Fach ‚Biologie‘ zum Thema ‚Tierquälerei, Tierwohl, Tierschutz‘.

Sie sah auf das Autokennzeichen und erwiderte entrüstet: „Wie kann man sich wegen dem bisschen Gestank so anstellen. Ich habe Mitleid mit den armen Tieren, die in engen Boxen eingesperrt sind.

Der Transporter ist schon Stunden unterwegs. Ich hoffe, der Fahrer hat die nötigen Ruhezeiten eingehalten und die Schweine zwischendurch versorgt. Dieses Fahrzeug ist nicht auf dem neuesten technischen Stand. Wenigstens werden sie an ihrem Zielort nicht sofort geschlachtet.“

„Wieso denkst du das?“, hakte Hannah nach.

„Im Inland darf der Transport zu einem Schlachtbetrieb höchstens 8 Stunden dauern. Dieses Limit ist schon überschritten.

So weite Strecken sollten vermieden werden. Es wundert mich nicht, dass sich die wenigsten daran halten.

Der Transport von Tieren, vor allem Nutztieren, steht oft in der Kritik. Ich bleibe dabei, es ist eine Quälerei, sie auf diese Art von A nach B zu fahren.“

Bezogen auf Hannah schickte sie schnell hinterher:

„Und du regst dich über so ein bisschen Gestank auf.“

Diese versuchte, sich zu beherrschen, und warf Kathrin lediglich einen finsteren Blick zu.

Als sie alle auf dem oberen Deck standen, legte die Fähre ab.

Der Kapitän begrüßte die Gäste an Bord. Er wünschte ihnen einen angenehmen Aufenthalt und erklärte, die Überfahrt würde fünfundvierzig Minuten dauern.

Kathrin setzte sich auf eine der weiß gestrichenen Bänke.

Weit entfernt von ihrer Familie – aber so, dass sie alle im Blick hatte.

Sie beobachtete einen Mann der, ihrer Meinung nach, zu elegant gekleidet war, um auf der Insel seinen Urlaub zu verbringen.

Er war schätzungsweise Mitte dreißig, trug einen blonden Kurzhaarschnitt und einen teuren Anzug sowie- äußerst unpassend, – wie Kathrin empfand, Lackschuhe.

An seiner rechten Hand prangte ein dicker Siegelring.

Die Armbanduhr an seinem linken Handgelenk, nicht eine der sonst üblichen Fitness-Tracker, schien wertvoll zu sein.

Trotz seiner eleganten Erscheinung wirkte er auf Kathrin eher abstoßend. In seinem linken Mundwinkel hing eine Zigarettenkippe.

Der verpestet die frische Nordseeluft mit dem Glimmstängel überlegte Kathrin, und schon war das Malheur geschehen.

Im Fahrtwind hatte sich ein Stückchen der brennenden Zigarettenglut gelöst und war auf Hannahs Kleid geflogen, wo es sich sofort im Seidenstoff festbrannte und ein Loch hinterließ.

Diese reagierte in ihrem ersten Schreck gar nicht so schnell wie erwartet. Sie fing lediglich an zu kreischen.

Der Mann kam sofort auf sie zu und Kathrin dachte, dass er sich angemessen entschuldigen würde. Sie vernahm aber nur ein kurzes „Sorry".

Das Kleid war im Eimer, der Typ sagte nichts weiter außer „Sorry" und Hannah flippte nicht aus?

Das erschien ihr merkwürdig und sie beschloss, den unbekannten Mann nicht wieder so schnell aus den Augen zu verlieren.

Was nicht so leicht war, denn ein älteres Ehepaar sorgte für Belustigung.

Es fütterte die das Schiff umkreisenden Möwen, obwohl überall Warnhinweise angebracht waren, es zu unterlassen. Und schon gaben die Vögel flächendeckend wieder etwas von sich, das die Bluse der älteren Dame übel verkleisterte und zur allgemeinen Belustigung der übrigen Passagiere beitrug. Kathrin lachte ebenfalls.

Nachdem sie sich wieder beruhigt hatte und Ausschau nach dem unbekannten Mann hielt, entdeckte sie ihn nirgends.

Ihr Vater und Oliver standen Achtern, wo aber war Hannah? Sie ließ doch sonst niemanden unbeaufsichtigt und nun war sie verschwunden.

Kathrin hüpfte zu ihrem Vater.

„Hast du Hannah gesehen?", erkundigte sie sich.

„Nanu, hast du etwa Sehnsucht nach ihr? Normalerweise bist du froh, sie nicht zu sehen. Sie ist zur Toilette."

„Aha. Da wollte ich auch hin. Wo sind die denn hier?"

„Keine Ahnung. Hannah ist da durch die Türe gegangen." Robert deutete auf eine große, schwere hellgraue Eisentür, die ins Innere des Schiffes führte.

„Dann gehe ich mal in diese Richtung. Bin gleich wieder hier."

Kathrin folgte den Toilettenhinweisschildern und stand wenig später in den WC-Kabinen.

Hannah hielt sich nicht dort auf. Wäre sie wieder in Richtung Oberdeck gegangen, dann hätten sie sich begegnen müssen, da es nur diesen einen Weg dorthin gab.

Wo war sie?

Kathrins Spürsinn war geweckt und sie begab sich auf die Suche nach ihrer verhassten Stiefmutter.

Vor dem Rauchersalon blieb sie stehen und staunte, dass sie Hannah dort mit dem elegant gekleideten Herrn, der ihr das Kleid versenkt hatte, in angeregter Unterhaltung sah.

Eigentlich verabscheute Hannah das Rauchen. Sie müsste sauer auf den Mann sein, da er sich an Deck nicht angemessen bei ihr entschuldigt hatte, und nun standen beide da und, Kathrin traute ihren Augen kaum.

Hannah hielt eine brennende Zigarette in der rechten Hand, führte sie zu ihrem Mund und nahm einen kräftigen Zug, den sie sichtbar genoss.

So, wie die beiden sich miteinander unterhielten, kam bei Kathrin der Verdacht auf, dass sie sich nicht erst seit dem Kleiderzwischenfall kannten.

Sie beobachtete eine Vertrautheit – die Außenstehende schon mit einer gewissen Intimität bezeichneten – wie sie nur zwischen engen Freunden und Verliebten vorkam.

Oder wie erklärte es sich, dass der Mann mit seinen Händen zärtlich durch Hannahs Haare strich und diese ließ sich das gefallen?

Kathrin war geplättet und wusste im ersten Moment nicht, sich richtig zu verhalten. Reingehen und Hannah vor dem Mann bloßstellen oder abwarten, ob sich eine bessere Gelegenheit ergab?

Sie entschied sich für die zweite Möglichkeit und hoffte, dass dann ihr Vater dabei war und sah, was für ein verlogenes Miststück er übereilt geheiratet hatte.

Kathrin lief zurück an Deck.

„Hast du Hannah gesehen?", erkundigte sich Robert.

„Nein. Auf den Toiletten hielt sie sich nicht auf", gab seine Tochter zur Antwort.

Die Fähre war schon knapp vor dem Hafen und dockte augenblicklich an.

Das bestätigte die Durchsage des Kapitäns, der einen angenehmen Aufenthalt auf der Insel wünschte.

Die Menschen an Deck bewegten sich wieder Richtung ‚Autodeck' und stiegen in ihre Wagen.

„Wo Hannah nur bleibt?", bemerkte Robert unruhig.

Verspätungen war er nicht von ihr gewohnt.

„Vielleicht ist sie über Bord gefallen", verlautbarte Oliver schelmisch.

Kathrin kicherte. Von weitem sah sie, wie Hannah auf ihren Stöckelschuhen angehechelt kam und sich zwischen den parkenden Wagen ihren Weg bahnte.

„Leider nicht", sagte sie mit einem sarkastischen Unterton und zeigte in deren Richtung, „da hinten kommt sie."

Etwas außer Atem stieg sie ein.

„Na endlich, wo warst du denn solange?", erkundigte sich Robert sofort.

„Ich habe mich etwas auf dem Schiff umgesehen. Das war aufschlussreich", erklärte sie beiläufig und hoffte insgeheim, keiner würde intensiver nachfragen, wo sie sich aufgehalten hatte.

Damit die anderen den unangenehmen Zigarettenatem nicht rochen, lutschte sie ein Pfefferminzbonbon.

Kathrin sagte nichts.

Sie fuhren von Bord, hinter der Blechlawine hinterher, Richtung Inseldörfer.

Ihre Unterkunft war am anderen Ende der Insel in Dunsum, auf dem weitläufigen Gelände eines Bauern- und Reiterhofs.

Davon erahnte Kathrin nichts und sie staunte, nachdem sie erkannte, wo sie die nächsten Wochen verbringen würde.

Schon beim Einbiegen auf das idyllische Areal sah sie die vielen Pferde auf der Weide grasen.

Der Einzelhof erstreckte sich in einer beschaulichen Lage.

An einem Waldrand angesiedelt und dreiundzwanzig Hektar groß.

Etwa hundert Meter vom Hof entfernt gab es einen eigenen Angelsee. Kathrin entdeckte eine riesige Reithalle, einen Allwetterplatz sowie einen Grasspringplatz und einen eingezäunten Longierplatz.

Ihre Stimmung hellte sich in Sekundenschnelle auf.

Sie konnte sich gar nicht sattsehen.

„Hey, verbringen wir hier die kommenden Wochen?"

Sie schaute etwas skeptisch, weil sie es nicht so recht fassen konnte, nach alldem, was sie in den letzten Tagen vor allem mit Hannah an Machtkämpfen auszustehen hatte.

„Ja", antwortete Robert.

„Das ist ja klasse. Papa, warum hast du mir denn nicht gesagt, dass es hier Pferde gibt. Dann hätte ich von Anfang an nichts dagegen gehabt, nach Föhr zu fahren."

Ungeduldig zappelte sie auf ihrem Sitz hin und her und machte Anstalten, auszusteigen.

Vor dem riesigen reetgedeckten Bauernhaus stand ein schon etwas älterer Herr, dem man ansah, dass er sich zu jeder Jahreszeit an der frischen Luft bewegte.

Robert stoppte den Wagen.

Der alte Mann kam freudestrahlend auf die Familie zu.

„Hartelk welkimen üüb det green eilun!", sagte er in einem lang gezogenen Föhrer Friesisch und schüttelte dabei jedem die Hand.

„Herzlich willkommen auf Föhr.

Mein Name ist Peter Petersen und ich bin der Senior-Bauer", wiederholte er auf Hochdeutsch.

Alle erwiderten den Willkommensgruß.

„Hatten Sie eine angenehme Fahrt? Wollten Sie nicht schon eher anlanden?", erkundigte er sich bei Robert.

„Na ja, es war nicht erfreulich. Wir steckten in einem Stau auf der Autobahn, da wieder mal genau zur Sommerzeit eine Riesenbaustelle auf der Strecke liegt. Dadurch haben wir die eigentliche Fähre verpasst und setzten erst mit der nächsten über. Aber, jetzt sind wir angekommen und freuen uns auf die Unterkunft und die Insel."

Kathrin hielt sich nicht länger zurück und fragte keck:

„Ist es erlaubt auf den Pferden mal zu reiten? Ich bin eine geübte Reiterin. Zu Hause gehe ich regelmäßig zu einem Reiterhof. Ich habe schon viele Stunden genommen und würde gerne hier ausreiten."

Herr Petersen, der Kinder großartig fand und ausgezeichnet mit ihnen zurechtkam, hatte selbst - zu seinem Bedauern - keine Enkelkinder.

So gefiel es ihm immer, wenn wieder einmal eine Familie mit Kindern für längere Zeit auf dem Hof blieb.

Meistens kamen erwachsene Gäste, die im Reiten richtige Profis waren und sich auf seinem Hof für wichtige Turniere vorbereiteten. Er nahm Kathrin zur Seite und flüsterte ihr ins Ohr:

„Selbstverständlich. Dafür sind sie doch da. Wir werden das passende Pferd für dich finden."

Kathrin strahlte.

„Wenn die Ferien so weiter verliefen, waren sie doch kein Reinfall", sinnierte sie bei sich.

Sie liefen zu fünft in die ‚gute Stube' des Bauernhauses und Herr Petersen rief seine Schwiegertochter, die sich in der Küche aufhielt.

„Dörte, kommst du mal eben? Unsere Gäste sind da."

Eine nette, etwas pummelige kleine Frau, kam – ihre mehlbeschmierten Hände am Kittel abstreifend – ins Wohnzimmer und sah in die Runde.

„Schönen guten Tag", begrüßte sie alle und wandte sich dann speziell an Robert.

„Sie möchten jetzt bestimmt sehen, wo Sie die nächsten Wochen wohnen? Wir haben Sie in einem der Nebengebäude untergebracht. Sie haben dort praktisch ein ganzes Haus für sich alleine und extra abgezäunt einen Garten. Wenn Sie mir bitte folgen."

Während sich die Familie, einschließlich Herrn Petersen, nach draußen begab und in Richtung Ferienhaus steuerte, holte seine Schwiegertochter die Hausschlüssel.

„Das ist ein herrliches großes Haus", bemerkte Robert als alle davor standen. Es handelte sich um den geschmackvoll renovierten und völlig umgebauten ehemaligen Kuhstall, wie sie von Herrn Petersen erfuhren.

Unten gab es neben der Diele und dem Gäste-WC eine großzügige offene Küche sowie den Wohnbereich.

Im Obergeschoss fanden sie zwei Badezimmer, ein riesiges Schlafzimmer und drei kleinere sogenannte Kinderzimmer vor.

Das Haus war äußerst gemütlich und mit allem Komfort ausgestattet.

Es gab sogar eine Spülmaschine und im Gartenhäuschen war nicht nur Platz für die Gartenmöbel, sondern auch für eine Sauna.

Früher gab es auf dem Hof richtige Landwirtschaft mit allen möglichen Tieren.

Das lohnte sich mit den Jahren nicht mehr.

So sattelten die Petersens im wahrsten Sinne des Wortes um zu einem Reiterhof, der sich schnell einen renommierten Ruf verschaffte. Und sie lebten recht gut von der überaus zahlungskräftigen Kundschaft.

„Hier ist Wohlfühlen leicht. Abfetzmäßig", bemerkte ihr Bruder, als er erleichtert feststellte, dass er ein eigenes Zimmer hatte.

„... und erholen", ergänzte Robert, dem die Örtlichkeiten ebenfalls gefielen.

Kathrin war mit ihren Gedanken schon bei den Pferden.

Die einzige, die nur rumstand und sich zu keiner Äußerung herabließ, war Hannah.

„Na, junge Frau, was sagen sie denn dazu?", erkundigte Herr Petersen sich.

Sie sah ihn nur oberflächlich an, so als schaute sie durch ihn hindurch, zwang sich zu einem Lächeln, das nicht wirklich gelang und ließ dann verlauten:

„Ja, es ist nett hier."

Mit Argwohn registrierte sie, dass sich die Familienmitglieder in dieser Idylle ausgezeichnet miteinander verstanden. Zu gut ihrer Meinung nach.

Es musste ihr etwas einfallen, um sie auseinanderzubringen und ihre Pläne zu verfolgen.

Dieses einträchtige Familiengesülze würde ihr sonst alles verderben.

Kathrin hatte sich nach der Besichtigung eiligst an den Zaun der Pferdekoppel postiert und beobachtete ihre Lieblingstiere. Sie bekam nicht genug von den prächtigen Exemplaren, die dort auf der Weide standen. Sie erkannte einen edel aussehenden Rappen, dessen kohlschwarzes Deckhaar in der Sonne glänzte.

In seiner Nähe grasten drei Kastanienbraune mit schwarzer Mähne und Schweif sowie ein fuchsfarbenes Pferd.

Zu einer Gras kauenden Gruppe zusammen gefunden hatten sich fünf Mausfalbe. Der dunkle Rückenstrich sowie die fast schwarzen Mähnen und Füße stachen sichtbar ins Auge.

Ihr absoluter Favorit stand etwas abseits. Es war ein riesig großer Apfelschimmel, dessen dunkle Flecken im weißen Fell aussahen, wie ein modernes Gemälde.

Er erinnerte sie an den „Kleinen Onkel" in den Büchern mit Pippi Langstrumpf.

Herr Petersen kam auf sie zu.

„Deine Mutter spricht nicht gerne?", eröffnete er das Gespräch.

Ohne ihn anzuschauen, erwiderte Kathrin:

„Sie ist nicht meine Mutter."

„Ist sie deine Stiefmutter?", erkundigte er sich.

Etwas gereizter sagte sie zu ihm:

„Sie ist nur Hannah. Ich werde niemals Mutter zu ihr sagen, solange ich lebe. Den Platz meiner Mutter wird sie nie im Leben bei mir einnehmen."

„Ich verstehe", schloss er dieses Reizthema ab und lenkte Kathrins Aufmerksamkeit genau auf den Apfelschimmel, den sie schon die ganze Zeit beobachtet hatte.

Er deutete mit dem rechten Zeigefinger auf ihn und fragte sie:

„Wie findest du ihn?"

Endlich drehte sich Kathrin um und sagte erstaunt:

„Er gefällt mir. Herr Petersen, woher wussten Sie, dass ich ihn so toll finde?"

„Menschenkenntnis und Pferdeverstand fallen bei mir zusammen und nenn mich doch Opa Petersen.

Herr Petersen ist zu förmlich.
Und das du mich ja duzt, hörst du!"
„Gerne", strahlte sie ihn an.
Von Ferne hörten sie die keifende Stimme Hannahs, die
nach Kathrin rief.
„Komm endlich her und pack deine Sachen aus.
Glaub nicht, das dies jemand von uns für dich erledigt."
„Die hat bei euch die Hosen an, das merkt man gleich",
war der kurze Kommentar von ihm dazu.
„Ich komme wieder, wenn alles ausgepackt und
eingeräumt ist. Bitte, darf ich dann heute eine Runde auf
ihm reiten?", bettelte Kathrin.
„Wenn es Hannah erlaubt. An mir soll es nicht liegen."
„Ich frage meinen Papa, der wird es erlauben. Danke.
Bis gleich."

Rasch rannte sie zum Haus und hoch in ihr Zimmer.
Oliver war ebenfalls dabei, seine Urlaubssachen sorgfältig
einzuräumen. Ihr Vater hatte ihren Koffer und ihre
Reisetasche schon hochgetragen. Sie setzte sich erst
einmal in den Korbsessel, der in einer Ecke des Zimmers
stand und sah sich in aller Ruhe den Raum an. An den
Wänden hingen aus Öl und Aquarell angefertigte
Pferdebilder.
Das war die richtige Umgebung für sie und fast hätte sie
vergessen, sich mit dem Auspacken zu beeilen, um einen
Ausritt zu machen, so sehr gefiel ihr die Einrichtung.
Schnell räumte sie alles an seinen dafür vorgesehenen
Platz. Sie sah auf ihre Uhr. Es war fast drei, genügend Zeit
bis zum Abendessen. Ihr Vater würde ihr erlauben, sich
mit den Pferden zu beschäftigen.
Sie rannte die Treppe hinunter und suchte nach ihm.

Er war nicht im Haus, saß mit seinem Laptop im Garten.

„Hallo Papa."

Sie umarmte ihren Vater und gab ihm einen Kuss auf die linke Wange.

„Hallo Kathrin, ist alles erledigt?"

„Ja. Sag mal, hast du etwas dagegen, wenn ich mir die Pferde ansehe?

Herr Petersen ist so nett und lässt mir den Schimmel für die Ferienzeit."

„Was kostet das denn?", hakte Robert nach.

„Keine Ahnung, danach habe ich ihn noch nicht gefragt", gestand Kathrin kleinlaut.

„Das habe ich mir gedacht. Ich habe nichts dagegen, wenigstens solange du nicht deine Pflichten vernachlässigst und Hannah etwas bei der Hausarbeit zur Hand gehst."

„Abgemacht. Wo ist sie denn überhaupt?"

„Sie ist mit dem Wagen unterwegs, um sich die Gegend anzusehen. Sie bringt etwas zum Abendessen mit.

Komm, wir laufen zu Herrn Petersen und verhandeln mit ihm über den Preis für die Reitstunden."

„Sie ist alleine weggefahren", überlegte Kathrin und blieb etwas hinter ihrem Vater zurück.

„Das hat sie in den Monaten, die sie bei uns lebt, nicht ein einziges Mal gebracht.

Trifft sich bestimmt mit diesem aalglatten Kerl vom Schiff, der wohnt doch auch hier irgendwo auf der Insel.

Ob Papa nicht auffällt, dass sie merkwürdig ist?"

„Wo bleibst du denn. Ich denke, du kannst es kaum erwarten, endlich auszureiten."

Sie lief einen Schritt schneller.

„Ich bin schon da."

Opa Petersen fanden sie in den Pferdeställen beim Ausmisten der Boxen.

Robert brachte es sofort auf den Punkt.

„Was kostet denn eine Reitstunde?", erkundigte er sich.

„Ich schlage Ihnen Folgendes vor: Ihre Tochter liebt die Tiere, das habe ich sofort bemerkt. Für sie ist der Umgang mit den Pferden nicht nur so eine Schickimickifreizeitgestaltung. Sie will an ihrem Leben teilhaben. Deshalb nehme ich kein Geld von Ihnen. Kathrin hilft mir bei der Arbeit mit den Tieren etwas.

Hin und wieder beim Ausmisten oder die Pferde striegeln, ihnen zu fressen und saufen geben.

Ich muss gleich eins mit einem Brandzeichen versehen. Dabei könnte sie mir ebenfalls helfen."

Mit einem Blick zu Kathrin gewandt sprach er weiter.

„Würde dir das gefallen?"

„Ja, ja, ja, fantastisch und abgefahren. Das ist dann so, als würde ich meine Ferien auf einem Reiterhof verbringen", juchzte sie freudestrahlend, „nur tausendmal besser.

Das schreibe ich noch heute Abend an Lena."

Zum ersten Mal seit dem Tod ihrer Mutter schien Kathrin wieder glücklich zu sein. Das fiel ihrem Vater auf.

Zu Petersen gewandt sagte er.

„Eine größere Freude können Sie meiner Tochter gar nicht machen. Danke."

„Dafür nicht. Ich freue mich über jede Hilfe und Unterhaltung und ich verspreche dir Kathrin, das Reiten kommt nicht zu kurz."

Robert lief zurück in den Garten und arbeitete weiter an seinen Forschungsergebnissen.

Seine Gedanken schweiften etwas ab.

Naturwissenschaften fesselten ihn schon seit Schultagen.

In jungen Jahren reiste er mit seinen Eltern in den Ferien in viele europäische Länder und dort meistens an das Meer. Er lernte segeln und zuerst schnorcheln, dann tauchen.

Die Unterwasserwelt faszinierte ihn. Er betrachtete sie wie ein Schatzkästchen.

Besonders die Algen, die es von winzig klein bis riesig groß gab und deren Farbspektrum von irisierendem Blau unter Wasser bis zum fahlen Braun an Land reichte.

Ihn fesselten ihre vielfältige Verwendung und Inhaltsstoffe.

Schon damals sah er es als eine Herausforderung an, diese Organismen nutzbar zu machen. Seitdem ließ ihn dieser Gedanke nicht mehr los.

Im Studiengang der Meeresbiologie ergatterte er einen der wenigen Plätze. Dazu entschied er sich nach Abschluss seines Biologiestudiums.

Mit den Algen begann das Leben.

Sie entwickelten die Photosynthese – der einzige Bioprozess, der CO_2 mit Hilfe von Sonnenlicht in Biomasse umwandeln kann. Algen waren eine wichtige Rohstoffquelle für die Zukunft und besonders geeignet zur Lösung aktuell großer Probleme. Er hielt es für wahrscheinlich, dass sie die Menschheit künftig mit Nahrungsmitteln, Biokunststoffen oder Energie versorgten.

120.000 verschiedene Mikroalgenarten kamen in den Meeren der Welt vor.

Das war ein unerschöpfliches Reservoir, mit den unterschiedlichsten Anwendungsmöglichkeiten.

Es gab so viele Einsatzgebiete, in denen sie nutzbringend anzuwenden waren.

Ein Beispiel für die industrielle Produktion zeigte sich in der Gewinnung von Biotreibstoff, der das bisher verwendete Kerosin ersetzen konnte.

Oder der Einsatz in der Kosmetik, da Algen viele Mineralstoffe besaßen, hervorragend geeignet für die Haut.

Pharmazie, Kosmetik, Ernährung, Landwirtschaft:
In vielen Bereichen suchte man nach Alternativen für die chemischen Anwendungen. Die Fähigkeiten von ,seinen' Algen schienen in dieser Hinsicht unerschöpflich.

Höhepunkte waren für ihn die tollen Tauchgänge in den ,Kelpwäldern', den ,Algenwäldern', die überwiegend aus Braun- und Rotalgen bestanden, und die einer Vielzahl von Fischen und Wirbellosen einen Lebensraum boten.

Darüber hinaus spielten sie eine wichtige Rolle für das Überleben verschiedener Vogelarten.

Doch zu seinem Leidwesen war es so, dass Fressfeinde, wie die Seeigel oder die Fischerei und die Erwärmung des Wassers, im Rahmen der El-Nino-Sothern Oszillation, den Bestand der Unterwasserwälder gefährdeten.

Da er sich aktiv im Umweltschutz betätigte, und die vielfältigen Teilbereiche der Meeresbiologie seinen persönlichen Interessen und Neigungen entsprachen, absolvierte er das Studium an der Universität in Rostock in Rekordzeit. Inklusive zweier Auslandssemester in Neuseeland.

Seine erste Anstellung bekam er kurz nach dem Abschluss an einer Forschungseinrichtung, dem Alfred-Wegener-Institut in der Freien Hansestadt Bremen.

Er nahm dort die Stelle eines wissenschaftlichen Assistenten an und gewann so erste Eindrücke in einen breiten multidisziplinären Ansatz zur Polar- und Meeresforschung.

Das war prägend für ihn. Dabei leistete er, im Verbund mit zahlreichen universitären und außeruniversitären Forschungseinrichtungen, einen wichtigen Beitrag zur globalen Umwelt-, Erdsystem- und Paläoklimaforschung.

Es formte ihn dermaßen, dass er zwei Jahre später an eine private Forschungsstätte wechselte und einer Handvoll Wissenschaftler als Gruppenleiter vorstand. Bis dato blieb er an diesem Arbeitsplatz.

Am nächsten Tag würde er einen ersten Tauchgang in der Nordsee wagen. Dafür musste er zum Yachthafen, um mit dem Bootseigner, bei dem er telefonisch ein Boot gechartert hatte, persönlich Kontakt aufzunehmen.

Er würde ihn auf seinem Tauchausflug begleiten und zu der geeigneten Stelle hin schippern. Robert war aufgeregt.

Von den Tauchgängen hing fiel ab. Wenn er mit den letzten Proben seine bisherigen Forschungsergebnisse unterstreichen konnte, dann war das die Sensation schlechthin und der endgültige Durchbruch für ihn.

Mit diesem Erfolg stünden ihm alle Türen offen.

Er würde nicht nur eine Menge Geld verdienen, was für die Zukunft beruhigend wäre.

Wichtiger war, dass er endlich die Anerkennung in den Fachkreisen - ach was auf der ganzen Welt - bekommen würde, die ihm lange zugestanden hatte.

Kollegen, die ihn für einen verträumten Spinner hielten, würden schon sehen, welches Genie sie jahrelang verhöhnten. Sie würden ihn anflehen, weiterhin mit ihm zusammen arbeiten zu dürfen.

Sein Forschungsvorhaben gehörte zu einem Programm, das sich mit maritimen Naturstoffen befasste.
Ziel war es, das Potential der Stoffe im Meer zu erfassen und Ideen zur Nutzung mancher Organismen als mögliche Lieferanten pharmawirksamer Produkte, sowie für Pflanzenschutzstoffe oder Kosmetika weiter zu entwickeln und umzusetzen.
Zur Realisierung des Vorhabens wurde eine Partnerschaft von Wirtschaft und Wissenschaft angestrebt.
Von Anfang an stand fest, dass die Arbeit an dem Projekt einen langen Atem benötigte und es hatte niemand für möglich gehalten, dass nach kurzer Zeit vermarktungsfähige Produkte vorliegen würden.
Robert war unglaublich klug, ein brillanter Denker.
Und doch hatte er eher zufällig entdeckt, dass in gewissen Meeresorganismen Wirkstoffe zu finden sind, die das Wachstum von Krebs hemmten.
Da Krebszellen zunehmend resistenter gegen Chemotherapeutika wurden, entwickelte er seine Idee zu einer neuen Möglichkeit zur Krebsbekämpfung. Bei Erfolg versprach es eine Erlösung abertausender Menschen von ihren Krebsleiden.
Aber die Wirkstoffe, die er aus dem Wasser gewonnen hatte, vermochten mehr zu leisten. Sie waren in der Lage, den Wasserverlust der Haut auszugleichen und Schutz vor Sonne und Wind zu bieten.
Aus ihnen ließen sich neuartige Schmerzmittel für den Menschen herstellen, die hundert- bis zweihundertmal stärker als Morphium wirkten.
Aufgrund ihres Aufbaus aus natürlichen Aminosäuren wiesen sie keinerlei Nebenwirkungen auf und verursachten kein Suchtpotential.

Und was noch phänomenaler war: Mit ihrer Hilfe ließen sich kleinste Mengen der DNA vervielfältigen, zum kriminalistischen Nachweis von Erbsubstanz in Gewebeproben, Hautschuppen oder Sperma.

Es war erstaunlich, was sich alles gewinnen ließe.

Auf dem Weg zu einem Medikament stand man am Anfang und die Konkurrenz schlief nicht. Dennoch war Robert zuversichtlich und der Meinung: Die Ozeane bargen eine unerschöpfliche Schatzquelle heilen-der Wirkstoffe.

Sein Plan sah vor, dass er in einer Wassertiefe von zwanzig Metern am nächsten Morgen Proben entnahm, da dort eine reichhaltige Vielfalt von Organismen vorlag.

In der Inselstadt Wyk hatte sein Forschungsinstitut vor einigen Tagen extra dafür in den Räumlichkeiten der ,Schutzstation Wattenmeer' ein kleines Labor für ihn eingerichtet. Die dort Anwesenden waren ahnungslos, was seine Forschung betraf.

Ein plausibler Grund wurde vorgeschoben, damit die Leute keinen Verdacht schöpften.

Im Labor würde er die entnommenen Schlacken kultivieren, identifizieren, extrahieren und an Krebszellen mit funktionsfähigem und funktionslosem Todesgen nochmals biologisch austesten. Wie er es schon so oft im Institut vorgenommen hatte.

Erwiesen sie sich ebenso wirksam, wie diejenigen aus dem Hauptlabor, würde er die Naturstoffe anschließend isolieren und analysieren.

Bei seinen bisher über tausend untersuchten Extrakten zeigten dreißig eine Wirkung gegen Krebszellen. Vor allem eines, das aus einem Meeresbakterium isolierte Ratjadon unterbrach immer wieder den Zellzyklus.

Nur geringe Mengen dieses Stoffes reichten aus, um das Wachstum dieser Zellen mit funktionsfähigem und funktionslosem Todesgen zu hemmen.

Ratjadon blockierte an unterschiedlichen Stellen, den sogenannten Kontrollpunkten, das Tumorwachstum.

Es gelang Robert sogar, die Molekularstruktur zu bestimmen, die für die biologische Wirkung verantwortlich war.

Bei seinen Untersuchungen stellte er ebenfalls fest, dass bei Labormäusen eine Verlangsamung der Zellteilung insgesamt eintrat.

Damit einher verlief eine Verzögerung des Alterns und das bedeutete, nicht nur der Krebs wäre dann für alle Zeiten geheilt. Den Menschen könnte ewige Jugend zuteilwerden. Damit würde ein Menschheitstraum wahr.

Für Robert handelte es sich um ein absolutes Wundermittel.

Jetzt hieß es für ihn, eine Substanz mit nahezu gleicher Struktur, ein Analogon, kostengünstig herzustellen, was nicht allzu schwierig sein würde.

Dieses ließe sich dann an freiwilligen, menschlichen Probanden anwenden und, wenn alles zufriedenstellend verliefe, wäre er am Ziel.

Natürlich gab es zu Beginn seiner Untersuchungen Rückschläge.

So zeigten einige Versuchstiere eine gesteigerte zerebrale Aktivität, schnell gefolgt von einer beträchtlichen Erschöpfung.

Bei anderen Tieren wurden Schäden an Hirnnerven festgestellt, die für das Hören und den Gleichgewichtssinn verantwortlich waren.

Im Endstadium kam es sogar zu Taubheit sowie dem völligen Verlust des Gleichgewichtsgefühls.

Nierenschäden, neuromuskuläre Blockaden, die zu Muskelschwäche führten und allergische Reaktionen mit Ekzemen waren ebenfalls keine Seltenheit.

All diese negativen Begleiterscheinungen bekam er aber in den Griff und er glaubte felsenfest an den Erfolg seines Präparates.

Dennoch verhielt er sich äußerst vorsichtig, was die bisherigen Ergebnisse seiner Forschung betraf. Zu früh durfte er sie nicht veröffentlichen.

Eine rechtliche Absicherung vorher erschien ihm ratsam.

Es sollte ihm nicht so ergehen, wie einem berühmten Kollegen, der lediglich 10.000 Dollar Abfindung erhielt, nachdem er seine Firma verließ und seine Vorgesetzten ihn aufforderten, seine Forschungsergebnisse dort zu belassen. Fünf Jahre später zahlte ein berühmter Chemiekonzern dem Unternehmen 300 Millionen Dollar für die Rechte an eben jenem Patent, das sein Kollege erforscht hatte.

Eine Beteiligung gab es für ihn nicht.

Selbstverständlich war es aus Roberts Sicht wichtig, die Öffentlichkeit über die Forschung zu unterrichten.

Sein für Laien oftmals nur schwer verständliches Fach hatte er durch populärwissenschaftliche Bücher einem möglichst großen Leserkreis zu vermitteln versucht, und sich damit ausdrücklich an wissensdurstige ‚Nicht-Wissenschaftler‘ gewandt.

Die neuesten Forschungsergebnisse waren im Gegensatz dazu streng geheim. Lediglich zwei Kollegen im Institut hatten davon Kenntnis sowie ein Beamter aus dem Ministerium. Er war der Kontaktmann, der die Verbindung zwischen Forschung und Politik hielt.

Robert ging auf Nummer sicher, bevor er Ergebnisse veröffentlichte. Das hatte Gründe.

In der Vergangenheit gab es wissenschaftliche Veröffentlichungen von anderen Institutionen, die Fälschungen waren.

Sie waren frei erfunden oder von existierenden Publikationen abgeschrieben. Das sorgte für Skandale und negative Schlagzeilen.

Robert schwebte eine andere Form von Aufmerksamkeit für seine Resultate vor. Dabei standen Verständlichkeit und Verzicht auf falsche Effekthascherei im Fokus.

Ihm würden sie nicht vorwerfen, Tabellen erfunden und Abbildungen gefälscht zu haben.

Eine vorschnelle Verbreitung nicht hinreichend geprüfter Ergebnisse, die in ihrer praktischen Nutzung gravierende Schäden verursachte, kam für ihn nicht in Frage.

Wichtig für ihn war, dass er alle Experimente alleine durchführte. Denn es lag in der Natur wissenschaftlicher Forschung, dass es oft fließende Übergänge zwischen schuldlosem Irrtum, vermeidbaren Fehlern, absichtlichen Hinbiegen und massiver Fälschung gab.

Mit seinem Vorgehen war er für alles alleine verantwortlich.

Nicht auf andere angewiesen, die diese Manipulationen hätten durchführen können.

Selbsttäuschung, die ebenfalls zu falschen Ergebnissen führte, lag ihm fern. Sein ganzes Naturell war auf einen systematischen Skeptizismus ausgerichtet und Robert achtete streng auf die Einhaltung wichtiger Prüfkriterien.

Er war ein Wissenschaft treibender Mensch und für seine Handlungen verantwortlich.

Wenn er seine Forschungsergebnisse an andere Instanzen weitergab, würde ihn das nicht von seiner Verpflichtung entbinden.

Denn mit dem Aufkommen der Gentechnologie kamen neue Risiken auf. Besonders die Gefahr irreversibler Veränderungen der Natur beinhaltete, dass auch ein Genie nicht mehr gutmachen konnte, was ein Trottel angerichtet hatte.

Für Robert hatte der Mythos von der Wertfreiheit der Wissenschaft schon lange ausgespielt, obwohl er weiter in vielen Köpfen seiner Kollegen herumspukte.

Manchmal verglich er sich mit jenem ‚Möbius' aus Dürrenmatts Komödie „Die Physiker".

Dieser, ebenfalls ein genialer Wissenschaftler, zog sich in eine als Sanatorium getarnte Irrenanstalt zurück.

Er fürchtete, dass die Menschen mit seinen Forschungsergebnissen Missbrauch treiben könnten.

Robert erahnte insgeheim, dass nachdem er seine Teilergebnisse veröffentlicht hätte, man sich auf ihn stürzen würde, sei es von Seiten der Forschung, der Industrie, des Militärs, des Geheimdienstes oder wer weiß aus welcher Richtung.

Alle würden bezeugen, das Beste für die Menschheit zu wollen und hatten dabei nur ihr eigenes Wohlergehen im Sinn.

Er malte sich schon genau aus, wie sie ihn umgarnen, was sie ihm alles böten, um an die wesentlichen Ergebnisse seiner Forschungen zu gelangen.

Er erkannte die Folgen: Ein erbitterter Wettkampf um Prioritäten und Patente, um privates Gewinnstreben, um nationale Konkurrenz, um zukünftige Absatzmärkte und Einflussgebiete.

Denn wie überall in der Welt herrschte in dem Land, in dem er wohnte, grenzenloser Optimismus, ein durch keinerlei politische Zweifel getrübtes Fortschrittspathos und eine Blindheit für die sozialen Folgen, die Wissenschaft mit sich brachte.

Und wie konnte er sicher sein, dass seine Entdeckung nicht missbraucht würde?

Bereits jetzt benutzte man in seinem Institut die Gentechnik dazu, Krankheitskeime für biologische Waffen aufzubessern, indem man sie gegen Antibiotika resistent machte.

Wer gab ihm eine hundertprozentige Garantie, dass dies mit seiner Entdeckung nicht geschah?

Er fand es erschreckend, dass das Wissen und die gesamte Ausrüstung die für ein offensives Biowaffen-Programm benötigt wurde, ebenfalls für die zivile Forschung in Medizin und Biologie angewandt wurden.

Ob ein Experiment offensiver oder defensiver Natur war, lag allein in der Absicht der jeweiligen Forscher begründet.

Deshalb hatte er seine Formel erst einmal in Sicherheit gebracht. Sie war in seinem Kopf gespeichert und von dort aus jederzeit abrufbar.

Zur Garantie für sein Leben hatte er sie dennoch an einem einzigen anderen Ort versteckt. Niemand wäre ohne seine Hilfe in der Lage, sie aufzuspüren.

Ihm war nicht entgangen, dass seine private Post in letzter Zeit vor ihm schon von einer fremden Person gelesen worden war, denn oftmals kamen Briefe mit vertraulichem Inhalt zerknüllt und halb aufgerissen an.

Und die Knackgeräusche in der Telefonleitung ließen darauf schließen, dass Dritte seine Telefonate bespitzelten.

Des Weiteren fiel ihm auf, dass einige seiner gesendeten E-Mails regelmäßig nicht ihre Empfänger erreichten.

Hinzu kamen die merkwürdigen Einbrüche in den vergangenen Monaten, sei es im Institut oder zu Hause.

Dabei stahlen die Diebe wahllos Gegenstände, um sie beim nächsten Eindringen wieder an ihren angestammten Platz zurückzulegen.

Vorher abgeschlossene Türen standen offen, Möbel wurden verschoben, Einstellungen an seinem PC verändert. Manchmal meinte er, dass, er dermaßen überarbeitet und gestresst sei, dass er sich all die Geschehnisse nur einbilde.

Niemals wäre es ihm in den Sinn gekommen, Hannah könnte hinter all dem stecken.

Sie kannte seine Stellung im Institut. Er erzählte ihr aber nicht, welche Entdeckung er gemacht hatte und welche Bedeutung diese für die Menschheit hätte, wenn sie öffentlich zugänglich wäre.

Robert glaubte, sie wüsste von all dem nichts und liebte ihn um seiner selbst willen.

Wie sehr er sich irrte, merkte er bald schmerzlich.

Denn hier gab es in seinem Leben wirklich eine Parallele zu Dürrenmatts Stück.

Dort waren die Mitpatienten Geheimagenten aus Ost und West, die versuchten, ihm sein Geheimnis zu entreißen.

Sie ahnten genauso wenig wie Möbius, dass die Anstaltsleiterin bereits die Geheimpapiere kopiert hatte, bevor dieser in der Lage war, sie zu vernichten.

Schon längst hatte sie seine Erfindung neu verwertet und eine eigenständige Industrie aufgebaut, die ihr einigen Profit einbrachte.

Hannah war eine Frau, die unvermittelt in Roberts Leben trat. Und sie interessierte sich mehr für seine Forschungsergebnisse, denn für ihn.

Sie betrieb Wissenschaftsspionage für eine aggressive und skrupellose Bio-Chemiefirma.

Das verbarg sie meisterlich, denn Robert bemerkte nicht, dass sie ihn und die Kinder ständig überwachte und zu manipulieren versuchte.

Letztlich war er, bei all seiner Genialität als Forscher, auch nur ein Mann. Mit Schwächen, körperlichen Sehnsüchten, Vorurteilen, eigensüchtigen Interessen und politischen Überzeugungen.

Schwieriger waren da schon seine Kinder, zu denen die Agentin versuchte, Kontakt zu knüpfen, um ihr Vertrauen zu gewinnen.

Sie unternahmen Ausflüge zu viert und hatten dabei eine Menge Spaß. Hannah gab sich Mühe, um Zugang zu den beiden zu bekommen. Aber es blieb immer eine Barriere, so als erspürten die Kinder instinktiv, dass mit ihr etwas nicht in Ordnung war. Zu oft bekam sie Sätze zu hören, die anfingen mit:

„Weist du, als Mama lebte …"

Andererseits war das Verhalten der Kinder für Hannah förderlich und es passte in ihren Plan.

Denn so war es ihr möglich, wenn sie mit Robert in ihrem Bett lag, sich bei ihm auszuheulen, und die schwächliche Frau vortäuschen.

Darauf stand er, er hatte einen riesigen Beschützerinstinkt. Sie weinte sich heuchlerisch in seinen Armen aus und versuchte, ihm klar zu machen, wie verletzt sie sich durch die Äußerungen der Kinder fühlte.

Er sagte ihr dann immer, dass sie Geduld haben müsse und die beiden noch Zeit benötigten.

Kapitel 3

Kathrin und Opa Petersen verstanden sich prächtig.

Er zeigte ihr zuerst die Reithalle und dann den Boxenstall mit angrenzender Sattelkammer, in der die passende Ausrüstung für die Vierbeiner fein säuberlich hing.

Ein Pferd benötigte ein Brandzeichen. Kathrin hielt es fest, während er mit einem rotglühenden, speziell geformten, elektrisch geheizten Eisen das Brandmal in der Sattellage auf die Haut prägte.

Er erklärte ihr, dass das Zeichen heute nicht mehr der einzige Eigentumsnachweis für Züchter und Pferdehalter sei, wie es früher der Fall war.

Heute bezeugte der Brand, dass das Pferd im Zuchtbuchregister der Rasse aufgenommen ist.

Petersen war in seinem Element und berichtete ihr ebenfalls einiges zur Hufbeschlagkunde.

Kathrin staunte. Soviel wie sie hier in einer Stunde über die Pferde erfuhr, hatte sie in der Reitschule zu Hause nicht erfahren und dort nahm sie schon eine ganze Weile Unterricht.

Nachdem sie einige Boxen mit Einstreu aus Stroh ausgelegt hatten, damit die Pferde eine weiche Unterlage bekamen, holten sie gemeinsam den Schimmel von der Koppel und sattelten ihn.

Dabei erzählte er ihr die Geschichte vom kalten Winter 1946-1947.

Er war damals noch nicht geboren, kannte die Ereignisse nur vom ‚Hören-Sagen‘, was aber nicht weiter auffiel.

Das Watt und die Wasserstraßen waren so dick zugefroren, dass Lastkraftwagen sich locker über das Eis bewegten.

Die Inseln waren auf die Versorgung vom Festland angewiesen.

Da die großen Fährschiffe nicht fuhren, übernahmen die Lastwagen für einige Tage deren Aufgabe.

Opa Petersen erzählte so mitreißend, dass Kathrin fast das Reiten vergaß.

Nach ein paar Runden an der Lounge durfte sie ihre Fähigkeiten auf dem eingezäunten Gelände zeigen.

„Sie hat überhaupt keine Angst vor den Tieren", registrierte er begeistert.

„Bald ist sie fähig, alleine auszureiten."

„Für heute ist es genug Deern", rief er ihr nach einer Weile zu.

Bereitwillig führte sie das Pferd in den Stall, sattelte ihn ab, striegelte ihn und stellte ihm frisches Heu in die Box.

Sie streckte sich, als sie wieder auf dem Hof stand.

„Morgen habe ich einen gehörigen Muskelkater", sagte sie zu Opa Petersen gewandt, „aber das macht mir nichts aus."

„Dusch dich heute Abend warm ab, dann bist du morgen fit", riet er ihr.

Er beobachtete, wie der Familienwagen auf das Gelände fuhr.

„Da sehe ich euer Auto. Das heißt, Hannah kommt wieder. Das bedeutet für euch erneut stramm stehen, was?", gab er mit einem Augenzwinkern von sich.

„Ach, Opa Petersen, wenn du wüsstest."

„Du erzählst es mir bei Gelegenheit mal, sofern du magst."

„Das werde ich, versprochen. Aber nun bewege ich mich lieber in Richtung Küche und helfe ihr beim Zubereiten des Abendessens, sonst bekomme ich einen weiteren Anschiss von ihr.

Das fehlte noch, wo der Tag echt bombig war. Ich erzähle dir dann etwas von meiner Beobachtung, die ich auf dem Schiff gemacht habe", fügte sie rasch hinzu, bevor sie davonrannte.

„Darauf bin ich gespannt", schrie er ihr hinterher.

Sie rannte schnell ins Haus, um Hannah nicht abermals einen Grund zum Schimpfen zu liefern.

Auf dem Weg dorthin dachte sie an Herrn Petersen.

„Er ist nett, ihm werde ich mich anvertrauen", urteilte sie, denn irgendwann musste sie mit jemandem über die merkwürdigen Verhältnisse und Geschehnisse reden.

Lena, ihre beste Freundin, war zwar in Ordnung, aber so richtig verstand sie nicht, worum es Kathrin wirklich ging. Petersen schien da anders zu sein.

Hannah und sie gelangten gleichzeitig am Haus an.

Die Stiefmutter stieg aus dem Wagen. Sie hatte sich ein neues Kleid gekauft und es sofort angezogen. Es stand ihr, dennoch gab es keinen Grund, weshalb sie Kathrin wieder anfauchte.

„Trag die Lebensmittel in die Küche und deck schon mal den Tisch. Wo ist dein Vater?"

„Vorhin saß er im Garten und hat gearbeitet."

Durchdringend betrachtete Hannah ihre Stieftochter.

„Du hast Reiterklamotten an. Heißt das, du hast dich bei den Pferden rumgetrieben? Wer hat es dir erlaubt?"

„Papa", entgegnete Kathrin nur.

„Der ist zu nett zu dir", bemerkte Hannah schnippisch und schüttelte den Kopf, bevor sie in den Garten lief.

Das Mädchen räumte den Wagen aus und trug alles in das Ferienhaus.

Vom Küchenfenster aus beobachtete sie, wie Hannah ihren Vater umgarnte, leider verstand sie nicht, was sie zu ihm sagte. Sie bemerkte lediglich, dass er seine Unterlagen zusammenpackte, sich erhob und ebenfalls ins Haus kam.

„Vergiss es, den Tisch zu decken. Wir essen auswärts und bei der Gelegenheit werden wir uns ein bisschen in der Stadt und am Strand umsehen. Ich laufe vorher zum Yachthafen und besichtige das Boot, das ich für die nächsten Tage gechartert habe", sagte ihr Vater.

„Oliver", rief er, bekam aber keine Antwort.

„Wo steckt er denn?", fragte er seine Tochter.

„So wie ich ihn kenne in seinem Zimmer", erwiderte diese.

„Warum gibt er mir keine Antwort?"

„Weil wahrscheinlich seine earbuds in den Ohren stecken, dann vergisst er alles um sich herum. Soll ich ihn holen?"

„Ja, bitte sei so nett. Zieh dir bei dieser Gelegenheit etwas anderes an, die Pferdeklamotten stinken und sind nicht das passende Outfit für ein edles Abendrestaurant."

Auf dem Weg in die Stadt, war es schon fast achtzehn Uhr. Olivers Magen knurrte wie ein hungriger Bär und er hielt sich entschuldigend die Hände vor seinen Bauch.

„In welches Restaurant gehen wir denn?", versuchte er von sich abzulenken.

„Ich habe gehört, dass man im ‚Zum Walfisch', das liegt nahe am Wellenbad ‚Aquaföhr', lecker isst", meldete sich Hannah.

„Von wem hast du das denn gehört?", hakte Kathrin nach.

„Vorhin in der Stadt, da habe ich das so aufgeschnappt.

Zwei Touristen schlenderten die Kurpromenade entlang und unterhielten sich. Da kann man parken und dann die Stadt erkunden", antwortete sie hochnäsig.

„Sie hat sich dort mit diesem komischen Kerl getroffen", sinnierte Kathrin. „Und mit ihm einen Cappuccino getrunken und eine Zigarette geraucht."

„Dann hätten wir schon mal einen Anhaltspunkt. Hannah kennt den Weg und führt uns dorthin", bestimmte Robert.

Den Wagen parkten sie vor dem Wellenbad und liefen von dort aus zum Yachthafen, der sich unmittelbar nördlich des Fährhafens befand.

Dieser umfasste zweihundert Liegeplätze und Yachten mit einem Tiefgang bis zu 1,5 m konnten ihn jederzeit anlaufen. Tiefer gehende Boote blieben bei Niedrigwasser unter Umständen stecken.

Die Kläranlage in nächster Nähe müffelte zwar bei nördlichen Winden etwas streng herüber, aber der Hafen war beeindruckend.

Robert steuerte sofort ein Schiff mit dem Namen ‚Klar Kimming' an. Es hatte schon einige Jahre Nordseewasser unter seinem Kiel und war nicht mehr jung.

Für seine Zwecke war es goldrichtig.

Der Eigner, Jan Jessen, war gleichzeitig der Kapitän.

Ein äußerst erfahrener Mann, der sein Schiff schon oft für Forschungszwecke zur Verfügung gestellt hatte.

Seine preislichen Forderungen für das Chartern hielten sich ebenfalls in Grenzen. Das war nicht unwichtig, denn schnell waren einige tausend Euro aufgebraucht.

Während Robert mit dem Kapitän an Bord alle notwendigen Gegebenheiten besprach, blieben die anderen drei an Land und sahen sich die Schiffe an.

Kathrin glaubte zu bemerken, dass sich auf einer der exklusiven Yachten, ihr Name war ‚Annabella', und sie lag fünf Boote von der „Klar Kimming" entfernt vor Anker, der feine Pinkel vom Fährschiff aufhielt.

Ein Mann hatte dieselbe Statur und Haarfarbe sowie dieses unverwechselbare Sakko an.

Neben ihm stand ein Hüne mit auffallend roten Haaren und in typischer Freizeitkapitänkleidung.

Es schien, als stritten sie miteinander. Kathrin war in Versuchung, näher an die Yacht heranzugehen, aber Hannah bemerkte, dass ihre Stieftochter sich immer weiter von ihr fortbewegte und pfiff sie zurück.

„Mist", fluchte Kathrin leise. „Ob sie weiß, dass ich sie auf dem Fährschiff beobachtet habe?"

Nach wenigen Minuten kam ihr Vater wieder zu ihnen.

Er erklärte, alles Notwendige besprochen zu haben, und sie schlenderten zum Restaurant, das eine herrliche Aussicht bot.

Von jedem Sitzplatz aus hatte man einen wunderbaren Blick auf die Nordsee und auf der Speisenkarte standen viele köstliche Gerichte.

Hannah und Robert bestellten sich ein ‚Sunset – Diner'.

Oliver, der gerne Fisch aß, orderte für sich die große Fischplatte und Kathrin verspeiste eine Riesenportion Milchreis mit heißer Grütze.

Es war ein erstaunlich friedvolles Abendessen. Die Familie beschloss, einen gemeinsamen Verdauungsspaziergang am Strand zu unternehmen.

Mit einem anschließenden Abstecher zur Kurpromenade, um den lauen Sommerabend ausgiebig zu genießen.

So spazierten sie erst eine Weile am Strand entlang, bevor sie sich auf die Promenade zubewegten.

„Seht mal", sagte Kathrin aufgekratzt und lief ein Stückchen vor, „die haben hier sogar ein Kino. Mal sehen, was sie spielen, gehen wir da rein?"

„Das kommt auf den Film an", erläuterte ihr Vater.

„Stimmen wir ab, welchen wir sehen", schlug Kathrin vor.

„Das ist eine Superidee", sagte Robert.

„Oliver, welcher Film gefällt dir am besten?"

Schon seit Längerem bekam sein Sohn nicht mehr mit, was um ihn herum geschah. Er stand wie angewurzelt vor einer Sitzbank und beobachtete ein hübsches dunkelhaariges Mädchen, ungefähr sechszehn Jahre alt, wie es sich an der Eisdiele neben dem Kino ein Eis kaufte.

Kathrin zupfte ihren Bruder am Arm.

„Oliver, aufwachen. In welchen Film möchtest du?"

„Was? Worum geht es denn?"

Er war genervt.

Mit seinen Blicken verfolgte er das Mädchen.

Sie war genau seine Kragenweite.

Sie lief den Sandwall in Richtung Kurkliniken entlang.

„Ob sie dort wohnt", schoss es ihm durch den Kopf.

„Dann schauen wir eben ohne dich", neckte Kathrin ihn.

„Macht, was ihr wollt", entgegnete Oliver und rannte dem fremden Mädchen hinterher, wobei er rief:

„Wartet nicht auf mich. Ich komme schon irgendwie nach Hause.

Es wird nicht allzu spät."

Die übrigen drei schauten ziemlich verdattert drein.

„Das lässt du doch nicht durchgehen, Robert!", äußerte sich Hannah nach einigen Schrecksekunden.

„Lass ihn. Die Kleine war nett. Er hat einen ausgezeichneten Geschmack", amüsierte sich Robert nur.

Hannah ließ wie immer nicht locker.

„Ist das dein Ernst? Er haut ab, lässt uns wie Deppen hier stehen und du sagst gar nichts."

„Mein Gott Hannah. Er ist mitten in der Pubertät, da macht man eben mal Dinge, die andere komisch finden.

Ich halte ihm keine Standpauke, auch wenn du das gerne hättest, und du sagst ebenfalls nichts", forderte er sie auf. Kathrin staunte. So ein Verhalten Hannah gegenüber hatte ihr Vater noch nie an den Tag gelegt. Ob das an der frischen Seeluft lag?

Wenn ja, dann sollten sie schleunigst hierherziehen.

Zu Kathrin gewandt verlautbarte er, mit den Augen zwinkernd, dass sie sicherlich ins Kino gingen, solange sie sich auf der Insel befänden. Nur wäre es leider an diesem Abend schon zu spät, denn für die Nachtvorstellung hätte sie nicht das richtige Alter.

An einem Souvenirladen hielten sie an. Kathrin kaufte ein Andenken für Lena. Sie suchte einen ansprechenden runden Schlüsselanhänger aus. Er war hergestellt aus blauem Wollfilz mit einem weißen Anker darauf.

Sie schlenderten die Straße weiter entlang und stiegen dann in den Wagen, um wieder zum Hof zu fahren.

Kathrins Plan für den Abend sah vor, an Lena eine Mail zu schicken und ihr ausführlich von dem ersten Tag zu berichten.

Doch dieses Vorhaben ließ sich nicht so leicht in die Tat umsetzen.

Schon von weitem bemerkten sie, an den dicken schwarzen Rauchschwaden, dass irgendetwas auf dem Hof nicht in Ordnung war.

Vor der Einfahrt standen zwei riesige Tanklöschwagen.

Sie erkannten, dass die Doppelgarage sowie ein Nebengebäude, in dem das meiste Futter für die Tiere gelagert wurde, lichterloh brannten.

Die in der Garage geparkten Fahrzeuge konnten rechtzeitig entfernt werden. Der Großteil der Futtermittel wurde ein Opfer des Feuers.

Familie Petersen stand kopfschüttelnd in einigem Abstand vom Haus. Ihre Feriengäste stiegen aus dem Wagen und liefen auf sie zu.

„Wie ist das passiert?", erkundigte sich Robert.

„Das möchten wir auch gerne wissen. Es sieht alles nach Brandstiftung aus. Wenn ich den dafür Verantwortlichen in die Finger kriege, kann er sich warm anziehen", schimpfte Opa Petersen.

Wild gestikulierend schilderte Dörte den Ablauf.

„Wir saßen gemütlich beim Abendessen, da meinte mein Mann plötzlich, es rieche so komisch, wie verbrannt.

Wir rannten hinaus und dann sahen wir die Bescherung.

Das Gebäude neben dem Stall brannte lichterloh, auch die Garage fing bereits an. Er raste schnell hinüber, um den dort geparkten Wagen raus zu fahren. Ich alarmierte die Feuerwehr.

Mein Schwiegervater sah nach den Pferden und versuchte, sie zu beruhigen, bevor er sie auf die Weide trieb.

Der Löschzug kam innerhalb von fünf Minuten.

Nicht auszudenken, was alles hätte geschehen können, wenn sie nicht so schnell eingetroffen wäre."

In Dörtes Augen sammelten sich Tränen. Ihr Mann nickte zu all dem.

Kathrin lief zu Opa Petersen und tröstete ihn.

„Sei froh, den Pferden ist nichts passiert. Die Scheune wird wieder aufgebaut, wir helfen dir dabei."

Robert nickte, nur von Hannah kam keine Reaktion.

Das veranlasste Kathrin Opa Petersen gegenüber zu der Bemerkung, ihre Stiefmutter sei kalt wie ein Fisch.

Die Feuerwehrleute konzentrierten sich bei ihren Löscharbeiten darauf, ein Übergreifen des Brandes auf das nahestehende Bauernhaus, in dem die Petersens lebten, zu verhindern.

Nach fast einer Stunde war das Feuer unter Kontrolle und weitgehend gelöscht.

Ein Helfer hatte sich, beim Versuch, Futtersäcke aus dem Nebengebäude zu tragen, eine leichte Rauchgasvergiftung geholt.

Von dem Gebäude war nur ein verkohltes Holzgerüst übrig.

Das Wohnhaus blieb unangetastet. Allerdings waren Nachlösch- und Aufräumungsarbeiten zu tätigen.

Die ganze Nacht über wurde eine Brandwache abgestellt. Am anderen Morgen erfolgte die Suche nach der Brandursache.

Nachdem sich alle von ihrem ersten Schock erholt hatten, verabschiedeten sie sich und verschwanden in ihre jeweiligen Unterkünfte.

Robert fiel sofort auf, dass wieder jemand seine Sachen durchwühlt hatte.

„Ich glaube ich weiß, warum das Feuer gelegt wurde", teilte er Hannah mit.

„Da bin ich aber gespannt", erwiderte sie nur beiläufig.

„Meine Sachen, ich hatte sie anders zurückgelassen. Hier war jemand, der sie durchsucht hat."

„Komm, fang nicht wieder mit diesen Spinnereien an", wehrte Hannah ab.

„Ich kann das schon nicht mehr hören.

Bist du paranoid geworden, oder was? Du leidest doch an Verfolgungswahn. So wichtig bist du nicht. Frag mal deine Sprösslinge, vielleicht haben die hier alles umgewühlt."

„Lass die Kinder aus dem Spiel. Ich bin mir sicher, dass die Unterlagen hier vor vier Stunden anders sortiert lagen."

Wütend stampfte er hoch ins Schlafzimmer. Zum ersten Mal, seitdem er Hannah begegnet war, verhielt er sich ihr gegenüber abweisend.

Kathrin hatte sich in ihr Zimmer zurückgezogen, bekam die Auseinandersetzung jedoch mit.

Um sich vom Feuer und vom Streit im Nachbarzimmer abzulenken schrieb sie schnell eine E-Mail an ihre Freundin.

Hey Lena,
du hattest Recht und ich war auf dem Holzweg.
Die Insel ist supergeil. Der Bauernhof, auf dem wir eine Unterkunft haben, ist gleichzeitig ein Reiterhof.
Hier stehen zehn Wahnsinnspferde. Eines gefällt mir außerordentlich, es ist ein Schimmel und er heißt Lincoln.
Leider tobte hier heute ein Feuer, wahrscheinlich Brandstiftung. Näheres dazu, wenn ich mehr Infos kenne.
Überall auf der Insel ist das Meer zu erspüren, zu schmecken und zu riechen.
Der Strand ist ebenfalls Hammer. In der Dunkelheit glänzen die Sterne und es scheint, als strahlte das Meer mit tausendfachem Leuchten zurück.
Meine Vermutung, dass mit Hannah etwas nicht stimmt, hat sich hier bestätigt.
Ausführlicheres schreibe ich Dir in den nächsten Tagen.
Viele Grüße Deine Kathrin LOL

Kaum hatte sie die Mail abgeschickt, überfiel sie eine dermaßen starke Müdigkeit, dass sie nur den Wunsch hegte, schnell einzuschlafen.
Sie hörte nicht, wann Oliver nach Hause kam und ebenfalls nicht, um wie viel Uhr ihr Vater sich zum Hafen aufmachte.

Kapitel 4

Gegen sieben Uhr wachte sie auf, streckte sich ausgiebig und fasste den Plan, sich erst mal zu waschen, anzuziehen und genüsslich zu frühstücken.

Dann wollte sie Opa Petersen fragen, ob er ihre Unterstützung benötigte, oder ob sie sich in der Inselstadt etwas umsehen könne.

Sie frühstückte alleine, in der Annahme, dass ihr Bruder und Hannah schliefen.

Nach der wichtigsten Mahlzeit des Tages marschierte sie in den Pferdestall, wo Petersen schon dabei war, die Pferde zu versorgen. Die Nacht über hatte er sie vorsichtshalber auf der Weide gelassen.

„Na, wie hast du geschlafen?", fragte er erwartungsvoll.

„Wie ein Stein. Ich habe nichts mehr mitbekommen. Weder, wann Oliver nach Hause kam oder wann Papa in aller Früh losfuhr."

„Oliver kam gegen zwölf Uhr an Land und dein Vater verließ den Hof um halb fünf" verriet der Bauer ihr.

„Schläfst du denn nicht?", fragte sie.

„In meinem Alter benötigt man nicht mehr allzu viel Schlaf. Das hat den Vorteil, dass man so einiges mitbekommt."

„Was denn zum Beispiel?", hakte Kathrin nach.

„Deine Stiefmutter hat deinen Vater zum Hafen gefahren und sie ist bis jetzt nicht zurück."

„Hm, merkwürdig. Weißt du, zu Hause ließ sie meinen Bruder und mich nie aus den Augen. Sie mischte sich immer überall ein, auch in Sachen, die sie eindeutig nichts angehen.

Seitdem wir auf dieser Insel sind, hat sie sich irgendwie verändert.

Das hängt bestimmt mit diesem komischen Typen zusammen, den sie auf dem Fährschiff getroffen hat."

„Du wolltest mir doch eh was erzählen. Hat das etwa mit diesem Mann zu tun?"

„Für dein Alter kombinierst du wirklich noch fix", witzelte Kathrin.

„Und du bist für dein Alter ganz schön naseweis", konterte Herr Petersen sofort zurück.

Sie erzählte ihm die Ereignisse der letzten Monate.

Beginnend beim rätselhaften Tod ihrer Mutter, über das erste Zusammentreffen mit Hannah, die Hochzeit, bis hin zu der Begegnung ihrer Stiefmutter mit dem unbekannten Mann an Bord des Schiffes.

Petersen hörte aufmerksam zu.

Manchmal kommentierte er das Gesagte mit:

„Das gibt es doch nicht", oder fügte hinzu „Sieh mal an".

Bei der genauen Beschreibung des Mannes, sagte Herr Petersen:

„Wiederhol das mal bitte und komm mit in die gute Stube, dort liegt die Zeitung von heute.

Ich muss dir unbedingt etwas zeigen."

Hastig eilte er auf das Bauernhaus zu, Kathrin hinter ihm her.

Sie hatte Mühe, mit ihm Schritt zu halten, da er ein enormes Tempo vorlegte.

Er fand die Zeitung auf Anhieb und schlug sofort die dritte Seite auf.

Mit dem Zeigefinger tippte er auf einen Artikel.

„Hier, was sagst du dazu? Passt deine Beschreibung nicht auf diesen Burschen, der hier beschrieben wird? Es würde mich wundern, wenn er es nicht wäre."

Kathrin las das Geschriebene laut vor und wurde währenddessen immer aufgeregter.

‚Eigner der Annabella tot aufgefunden, von der Yacht fehlt jede Spur' stand dort in großen schwarzen Lettern als Überschrift und sie las laut vor:

„Gestern Abend fand ein Fischer, gegen 20.00 Uhr in einer der Bootshallen, die Leiche von Gernot Drünenberg, Eigner der ‚Annabella' und alleiniger Besitzer der BCF - Werke.

Seine Yacht ist unauffindbar. Zeugen beobachteten kurz zuvor, wie ein Mann die Halle eilig verließ.

Er wird wie folgt beschrieben: circa 1,80 m groß, blonde Haare, eleganter Anzug und auffallende Lackschuhe.

Die Polizei nimmt an, dass es zwischen Herrn Drünenberg und dieser unbekannten Person zu einem Streit kam, in dessen Verlauf der Eigner getötet wurde. Dafür sprechen die Kratzspuren am Hals der Leiche sowie die Messereinstiche im Bereich des Unterleibs.

Sachdienliche Hinweise nimmt die Polizeidienststelle auf Föhr entgegen."

Kathrin stockte der Atem, sie dachte an den gestrigen Tag zurück und an ihre Beobachtungen, die sie im Yachthafen tätigte.

„Opa Petersen, das ist der Mann von der Fähre."

„Da bist du dir sicher?"

„Ja. Ich habe ihn auch im Yachthafen gesehen."

„Was, das sagst du erst jetzt?"

„Du hattest mich doch vorhin unterbrochen und bist schnell hierher gelaufen. Ich war dabei, weiter zu erzählen."

„Dann lass mal hören, was du so alles weißt."

„Im Yachthafen wurde es mir etwas langweilig und ich habe mich mal auf dem Bootssteg umgesehen.

In der Nähe von der ‚Klar Kimming' lag die ‚Annabella', den Namen erkannte ich total deutlich. Das Boot ist mir aufgefallen, weil es so mega aussah.

An Bord hielten sich der Unbekannte, der nun gesucht wird, und ein Mann mit feuerroten Haaren und in Freizeitklamotten, auf.

Sie stritten sich.

Ich wollte schon näher rangehen, da pfiff mich Hannah, die blöde Kuh, zurück.

Zuerst hatte ich den Eindruck, sie hätte mitbekommen, dass ich ihren Verehrer von der Fähre erkannt habe. Eigentlich war mir nicht danach, auf sie zu hören. Als aber Papa fast gleichzeitig an Land gelangte, bin ich natürlich wieder zu ihnen hin.

Ich hatte schließlich auch Hunger. Wenn ich gewusst hätte, was sich auf der ‚Annabella' alles entwickelt, dann wäre ich doch da geblieben", versicherte sie todernst.

„Ja, ja", unterbrach Petersen sie, „träum du mal weiter.

Es ist am besten, wenn wir beide gleich zur Polizei fahren. Denn Herr Drünenberg hatte feuerrotes Haar und du hast ihn vielleicht als letzte Person lebend gesehen."

„Zu den Bullen? Ehrlich? Man ist das alles aufregend, ein richtiger Abenteuerurlaub. Vorher sagen wir aber Oliver Bescheid, sonst macht er sich Sorgen."

„Sicher. Er kann mitkommen, wenn er mag. Geh mal zu ihm hin und frag ihn. Ich rufe inzwischen bei Jens Klaasen an, das ist der Hauptpolizist auf der Insel, und kündige unser Kommen bei ihm an.

Sag mal, meine Deern, findest du es nicht äußerst verwunderlich, dass deine Stiefmama noch nicht hier ist?"

„Von mir aus braucht die überhaupt nicht mehr wiederkommen. Oliver, Papa und ich, wir schaffen das alles spielend ohne sie.

Wäre mir willkommen, wenn dieser komische Kerl sie ebenfalls beiseite geschafft hat."

Hüpfend lief Kathrin zum Ferienhaus, um ihren Bruder zu erklären, dass sie wegen einer äußerst wichtigen Angelegenheit zur Polizei unterwegs wären, um dort eine Aussage zu Protokoll zu geben.

Herr Petersen überlegte, welche Rolle Hannah in diesem Geschehen spielte und wählte die Nummer des Polizeireviers.

Nach allem, was Kathrin ihm bisher mitgeteilt hatte, war Hannah in seinen Augen, nicht zufällig an ihren Vater herangetreten. Und aus Liebe hatte sie ihn gewiss nicht geheiratet.

„Oliver, Oliver", rief seine Schwester, da stand sie noch nicht ganz in der Haustür.

„Ich muss dir etwas Wichtiges sagen. Wo bist du denn?"

Aus der Küche drang ein dumpfes „Hier".

Kathrin lief in die Richtung.

Oliver saß in seinen Schlafshorts und T-Shirt am Tisch und mümmelte an einer Schnitte Toast herum.

Er sah übernächtigt aus.

„Warum schreist du denn so?", fragte er seine Schwester etwas ungehalten.

„Wenn du schon schreien musst, dann bitte leiser. Ich bin müde."

Mit einem verträumten in sich gekehrten Lächeln fügte er hinzu: „Und ich will überhaupt nicht wach werden."

„Oliver", wisperte Kathrin, „mir ist etwas Aufregendes passiert."

Sie erzählte ihm von den Geschehnissen des Vortages sowie von dem Zeitungsartikel und dass sie vorhatte, mit Opa Petersen zur Polizei zu fahren.

„Da komm ich mit", merkte er sofort an.

„Jetzt, wo Papa nicht da ist, passe ich auf dich auf."

So selbstlos, wie es schien, war diese Aussage nicht.

Denn nebenbei hoffte er, dass sich eine Gelegenheit ergeben würde, seine neue Freundin wieder zu treffen, die aufgrund ihrer Atemwegserkrankung eine mindestens vierwöchige Kur auf der Insel absolvierte.

„Hannahs Verhalten ist zwar merkwürdig. Die wird jedoch wieder auftauchen, leider", ergänzte er sein Gesagtes.

Er stand auf und befahl Kathrin:

„Du räumst in der Zeit, in der ich mich anziehe, den Tisch ab, sonst sieht es hier so unordentlich aus."

Widerwillig führte sie den Auftrag aus, da hupte es unverhofft.

Kathrin sah aus dem Küchenfenster.

Herr Petersen war mit seinem Wagen vorgefahren und seine Handbewegungen mahnten zur Eile. Oliver war ebenfalls startklar und beide stiegen in das Auto.

„Einen schönen guten Morgen Oliver", begrüßte der Bauer ihn. Dieser erwiderte den Gruß.

„Hat Kathrin dir alles erzählt?"

„Ja. Sollten wir nicht versuchen, meinen Vater zu erreichen?"

„Hat er euch denn eine Telefonnummer hinterlassen?"

„Ich kenne seine Handynummer", sagte Oliver.
„Wir benachrichtigen ihn, sobald wir vom Polizeirevier kommen."

Auf dem Revier sah es eher aus, wie in einem Wohnzimmer, denn bei der Polizei.
Kathrin fühlte sich sofort wohl und hatte überhaupt keine Angst.
Herr Klaasen, der nette Polizist begrüßte alle drei und bemerkte Kathrins Erstaunen.
„Hier auf dem Land ist es anders, als bei euch in der Stadt, familiärer. Das macht sich auch bei der Einrichtung bemerkbar.
Normalerweise beschäftigen wir uns hier mit Einbrüchen oder Diebstahl. Ein Mord ist die riesengroße Ausnahme", eröffnete er seine Rede.
„Und das junge Fräulein ist bereit für eine Aussage?", fuhr er fort.
„Genau", sagte Kathrin und ließ sich in einen der Sessel plumpsen. Wie sie es oft im Fernsehen gehört hatte, fragte sie schnell hinterher:
„Ist denn eine Belohnung ausgesetzt, und bekomme ich dann das Geld, wenn mit meinem Hinweis der Mörder geschnappt wird?"
Die beiden Männer sahen sich an und grinsten, Oliver war die Frage peinlich.
„Wir sehen mal, was sich machen lässt", fing Herr Klaasen an und Opa Petersen fügte hinzu:
„Wärst du denn mit zusätzlichen Reitstunden ohne den Stall auszumisten einverstanden?"
„Aber immer, das weißt du doch", antwortete sie begeistert.

„Dann fangen wir mal an", drängte Herr Klaasen und Kathrin gab ihr gesamtes Wissen bezüglich ihrer Beobachtungen zu Protokoll.

Nach einer halben Stunde verließen sie das Revier wieder.

Opa Petersen zog aus seiner linken Westentasche ein Handy und hielt es Oliver hin.

„Versuch mal, deinen Vater zu erreichen."

„Sie haben ein Handy?" Oliver staunte.

„Wir leben hier auf einer Insel und nicht hinter dem Mond junger Mann", erwiderte Opa Petersen.

„Auch wenn ich um einiges älter bin, heißt das nicht, dass ich für dieses neumodische Telefon zu alt bin."

Oliver wählte die Nummer und hörte das Tuten, jedoch nahm niemand ab. Er versuchte es weiter. Erfolglos.

Oliver zuckte mit den Schultern.

„Mein Vater meldet sich nicht".

„Vielleicht ist er beim Tauchen und deshalb verhindert", mischte Kathrin sich ein.

„Möglich. Wir probieren es später noch mal.

Inzwischen könnten wir eine Stärkung gebrauchen.

Was haltet ihr von einem Eis?", erkundigte sich Herr Petersen.

„Prima." Kathrin war sofort einverstanden.

Oliver fand die Idee ebenfalls passabel und sie fuhren in Richtung Innenstadt.

Mit ihrem Eis in der Hand nahmen sie auf einer Bank an der Kurpromenade Platz.

„Sag mal Olli, wie heißt deine neue Freundin?"

Neugierig quetschte Kathrin ihren Bruder über das nette Mädchen vom Vortag aus.

Oliver wurde verlegen und wusste nicht zu antworten.

„Wieso?", konterte er deshalb etwas abweisend zurück.

„Nun, du bist mein Bruder und es interessiert mich eben, mit wem du deine Zeit verbringst. Ich erzähle dir ja auch, was ich hier so unternehme. Zum Beispiel von den Pferden, du bist mit zur Polizei gefahren. Aber du hast kein einziges Mal von deiner Freundin gesprochen. Also, wie heißt sie, was macht sie?"

Kathrin ließ nicht locker.

„Ihr Name ist Myriam Boyko und sie ist zur Kur auf der Insel."

„Zur Kur?"

„Sie hat Asthma."

„Wie alt ist die denn?"

„Kathrin, du nervst".

Oliver verdrehte die Augen.

„Starten wir einen weiteren Versuch, um euren Vater zu erreichen?", unterbrach Herr Petersen ihr Gespräch, wofür ihm Oliver mehr als dankbar war.

Er wählte abermals die Handynummer, wieder ohne Erfolg.

Kaum hatte er das Telefon an Herrn Petersen übergeben, klingelte es.

„Petersen", meldete sich mit seinem friesischen Dialekt.

Während er zuhörte, wurde er bleich im Gesicht.

Er entfernte sich einige Schritte von den Jugendlichen, damit diese nichts allzu viel vom Gespräch mitbekamen.

„Was sagst du da? Die armen Kinder. Wie bringe ich ihnen das nur bei. Natürlich bleiben sie vorerst bei uns, wir kümmern uns um sie. Das ist doch Ehrensache. Wenn ich den in die Finger kriege, der dem armen Vater das angetan hat, dem Gnade Gott. Danke und tschüss, ich melde mich später bei dir."

Langsam kam er zu den beiden zurück.

Er rang nach Worten, denn was er ihnen zu sagen hatte, war schwer zu ertragen.

Einen Mord hatte es schon gegeben. Was er eben mitgeteilt bekam, sah nach einem Mordanschlag auf ihren Vater aus.

Wo würde das alles hinführen?

„Was ist passiert?", erkundigten sich die Geschwister, denn sie merkten, dass etwas Furchtbares geschehen war.

„Es betrifft euren Vater", stammelte Herr Petersen zögerlich.

Kathrin erschrak.

Diesen Satz hatte sie so ähnlich schon einmal gehört.

Damals, ein Polizist stand vor ihrer Haustür und erklärte ihnen, dass ihre Mutter tödlich verunglückt sei.

„Ist er tot?", fragte sie deshalb zaghaft und mit Tränen in den Augen.

„Nein, nein." Herr Petersen nahm sie in seine Arme und versuchte, sie zu beruhigen.

„Er hatte einen schweren Taucherunfall und wurde in das zuständige Behandlungszentrum gebracht. Das liegt auf dem Festland."

„Fahren wir zu ihm?", fragte Oliver.

„Momentan darf er keinen Besuch empfangen, vielleicht morgen.

Ich bleibe in Kontakt mit dem zuständigen Arzt."

„Hat der dich benachrichtigt? ", erkundigte sich Kathrin.

„Nein, das war der Kapitän der ‚Klar Kimming'.

Ich treffe mich gleich mit ihm und hake nach, welche Informationen er hat."

„Wir kommen mit, schließlich ist es unser Vater", bestimmte Oliver.

„Das habe ich mir gedacht. Auf geht's."

Der Kapitän erwartete sie. Er und Petersen kannten sich seit Kindertagen und hatten schon viel gemeinsam erlebt.
Er führte sie unter Deck. Kripobeamte begutachteten die Taucherausrüstung und nahmen sie mit. Die Proben, die ihr Vater mit hochgebracht hatte, waren fein säuberlich aufgereiht.
Seine Aufzeichnungen lagen akkurat neben den Reagenzgläsern.
Zwischen den einzelnen Tauchgängen hatte Robert die Proben untersucht und Notizen vermerkt.
Sein Laptop stand daneben.
Die Spurensicherung, die sofort eintraf, nachdem der Kapitän den Notarztwagen bestellt und die Kriminalpolizei verständigt hatte, führte ihre Suche weiter fort.
Ein Beamter forderte sie auf, sich wieder an Deck zu begeben, da sie hinderlich bei der Arbeit seien.
Der Skipper erklärte den Kindern, dass ihr Vater ihm, nachdem er sich mit letzter Kraft an Deck gehievt hatte, das Wort ‚Taucherausrüstung' zuflüsterte, bevor er in ein Koma fiel.
„Die ersten beiden Tauchgänge liefen problemlos.
Euer Vater brachte einige Proben für das Labor mit hoch und er sah zufriedenen und gesund aus.
Beim dritten Mal blieb er länger unten. Zuerst dachte ich mir noch nichts dabei, immerhin ist er ein ausgezeichneter Taucher.
Nach annähernd zwanzig Minuten machte ich mir aber doch Sorgen, weil er unmöglich genügend Luft zum Atmen haben konnte.
Er absolvierte bereits zwei Tauchgänge.
Plötzlich stieß er wie ein Blitz durch die Wasserdecke, ähnlich einer Fontäne, einige Meter vom Schiff entfernt, was ebenfalls ungewöhnlich für ihn war.

Er schwamm mit Mühe zum Schiff. Ich zog ihn, so gut es mir möglich war, hinauf.

Da er alle Anzeichen einer Druckfallerkrankung zeigte, habe ich umgehend den Krankenwagen angefordert.

Dann nahm ich Kurs Richtung Land.

Der Notarzt brachte ihn unter Sauerstoffatmung in das Behandlungszentrum. Meine Schiffsausrüstung beinhaltet leider keine Taucher-Druckkammer, sonst hätte man hier die Rekompressionsbehandlung eingeleitet.

Bis zu diesem schrecklichen Augenblick war diese Einrichtung nicht notwendig. "

„Was hat die Kripo festgestellt?", informierte sich Petersen.

„Die legt sich nicht fest. Die Beamten äußerten lediglich den Verdacht einer Manipulation an der Ausrüstung.

Das erfolgte wohl geschickt, denn Robert kontrollierte vor jedem Tauchgang nochmals alles komplett.

Wie gesagt, was sie genau festgestellt haben, werden wir erst nach weiteren Untersuchungen erfahren."

Herr Petersen überlegte laut:

„Wem ist denn daran gelegen, dass euer Vater einen Tauchunfall hat?"

„Auf Anhieb fällt mir keiner ein", antwortete Oliver.

„Mir schon", gab Kathrin zornig von sich.

„Denkt mal nach, welche Person sonst immer wie eine Klette an uns hing, jeden Schritt beobachtete und uns bei jeder Gelegenheit bevormundete. Jetzt, wo sie mal gebraucht wird, ist sie nicht da?"

Oliver und Opa Petersen gaben fast gleichzeitig die Lösung.

„Hannah."

„Genau. Seit gestern Abend beziehungsweise Nacht ist sie verschwunden."

„Gestern Nacht?", wunderte sich ihr Bruder.

„Ich habe mitbekommen, wie sie mit eurem Vater ins Auto gestiegen ist und mir gedacht, dass sie mit ihm zum Hafen fährt und gleich wieder zurück, damit ihr den Wagen weiterhin zur Verfügung habt", erklärte Opa Petersen.

Der Kapitän strich mit seiner Hand über seinen schneeweißen Seemannsbart und murmelte:

„Ja, eine Frau ist mit an Bord gekommen.

Euer Vater stellte sie als seine Ehefrau vor. Sie blieb alleine unter Deck, während Robert und ich oben nochmals die Winde kontrollierten. Ich ließ sie unbeaufsichtigt, ist doch seine Ehefrau und eure Mutter."

Beide Kinder protestierten laut.

„Stiefmutter", entgegnete Oliver.

„Ja, Stiefmutter, und nicht mal das", ergänzte seine Schwester.

„Mensch Jan", entfuhr es Opa Petersen. „Mir wird etwas Schreckliches bewusst. Was ist, wenn sie an der Ausrüstung rumhantiert und somit Schuld an dem Unfall ist?"

„Zeit genug hatte sie, das steht fest", unterstrich Jensen das Gesagte.

„Hast du das der Polizei mitgeteilt?", hakte Petersen nach.

„Nein, ... in der ganzen Aufregung. Und wenn die Kinder mich vorhin nicht daran erinnert hätten, wäre es in Vergessenheit geraten."

„Weißt du, wo sie anschließend hingefahren ist?"

„Da muss ich überlegen. Einen Moment."

Er strich sich mit der rechten Hand abermals über seinen Vollbart.

„Ich glaube, sie ist ins Inselinnere gefahren, Richtung Inseldörfer."

„Bist du sicher? Sie nahm keine Fähre zum Festland?"

„So früh sind die nicht unterwegs. Ja, da bin ich mir total sicher."

„Das bedeutet, sie ist weiterhin auf der Insel."

„Nicht unbedingt. Wir wissen nicht, ob sie sich hier aufhält.

Wenn sie mit diesem merkwürdigen Typen unter einer Decke steckt, dann ist sie vielleicht mit ihm auf dem gestohlenen Boot", konterte Kathrin überlegen.

„Die Kleine ist verdammt clever", bemerkte der Kapitän anerkennend.

„Ja, das stimmt. Lauf schnellstens zu Klaasen, damit du ihm die Sache mit Hannah beschreibst. Wir kommen mit", entschied Petersen.

„Schon wieder zu den Bullen?", entfuhr es Oliver.

Er wäre lieber zu seiner Freundin gegangen.

Für heute hatten sie sich gegen zehn Uhr am Jugendzentrum, dem allgemeinen Teenie-Treff im Heymannsweg, verabredet. Er fieberte danach, sie wiederzusehen.

„Ich gehe gerne mit, schon, weil wir unbedingt herausbekommen müssen, wer Papa das angetan hat.

Fast hätten wir ihn verloren und wären Vollwaisen.

Hast du darüber mal nachgedacht?"

Wütend sah sie ihren Bruder an.

„Du hast Recht. Aber was richten wir denn schon aus?

Das ist die Sache der Polizei, die regelt das. Mich braucht ihr dabei nicht", konterte Oliver bockig.

Kathrin machte eine abfällige Handbewegung und sagte:

„Ja, ja, hau schon ab. Du störst eh die Ermittlungsarbeiten, wenn du mit deinen Gedanken nur bei deiner neuen Flamme bist.

Opa Petersen, bei wem werden wir denn jetzt wohnen?"

„Ihr kommt wieder mit zu uns, das ist doch Ehrensache. Wir lassen euch nicht im Stich. Meine Schwiegertochter freut sich, zwei Heranwachsende zu betüddeln."

Oliver lief auf ihn zu und schüttelte ihm die Hand.

„Danke, das werden wir Ihnen nie vergessen. Aber, verstehen Sie, dass ich jetzt Myriam sehen muss? Um mich jemandem anzuvertrauen. Kathrin hat Sie und ich hoffe, Myriam hört mir zu."

„Na, geh schon mein Junge. Zum Mittagessen wirst du kaum vorbeischauen, Abendessen gibt es bei uns immer um sieben. Bring deine Freundin mit."

Opa Petersen sprach Oliver Mut zu, da er merkte, dass er die Ereignisse auf andere Art, wie seine Schwester es tat, verarbeitete.

„Genau", sagte Kathrin. „Vielleicht mag sie Pferde, dann kann sie auch meine Freundin werden."

„Lasst uns losgehen!", bemerkte Kapitän Jensen.

Er hatte sein Schiff gesichert und war bereit, seine Beobachtungen bei der Polizei zu melden.

Oliver schlug die Richtung zum Jugendzentrum ein. Obwohl er etwas Zeit hatte, rannte er den gesamten Weg, um seine Anspannung loszuwerden.

Die anderen setzten sich in den Wagen, das Ziel war bekannt.

Herr Klaasen traute seinen Augen nicht. Kathrin und den Pferdewirt sah er innerhalb kürzester Zeit abermals aus dienstlichem Grund.

„Das mit eurem Vater ist eine böse Sache. Ich hoffe, er wird wieder gesund. Diese mysteriöse Dame und ihr seltsamer Begleiter werden nicht weit kommen. Wir geben sofort eine Fahndung nach ihnen raus. Euer Auto ist irgendwo auf der Insel, das können sie nicht mit an Bord der Yacht nehmen.

Allerdings, wenn sie wirklich mit der Yacht von Drünenberg abgehauen sind, ist es theoretisch möglich, dass sie einige Tage unauffindbar bleiben.

Die ‚Annabella' ist vom Bootstyp her eine ‚Apollo'.

Das heißt, sie ist mit allem erdenklichen Schnickschnack, den es gibt, ausgestattet. Das beginnt bei der Navigationsausrüstung, dem elektrischen Kompass, UKW-Sprechfunk, Echolot und reicht bis hin zum Farbfernseher, einem vierflammigen Gaskocher, dem Kühlschrank und einer komplett eingerichteten Pantryausstattung.

Wenn sie vorher nochmals eingekauft haben, kommen sie schon wahnsinnig weit damit."

„Opa Petersen?", fragte Kathrin nach einer Weile.

„Rufst du mal bitte in dem Krankenhaus an, in dem Papa jetzt liegt und fragst, wie es ihm geht?"

„Klar, das mache ich. Wir sind hier fertig. Stimmt doch Klaasen?"

„Richtig. Ich halte euch auf dem Laufenden."

Sie verabschiedeten sich und nahmen Kapitän Jensen wieder mit zum Hafen.

Von dort aus rief Herr Petersen im Krankenhaus an.

Ein Pfleger teilte ihm mit, dass der Patient weiterhin nicht ansprechbar sei und man den Tag sowie die kommende Nacht abwarten müsse, um sich zu äußern.

Zum derzeitigen Zeitpunkt sei es nicht ratsam, herzukommen.

Der Patient könne keinen Besuch empfangen.

Sein Tauchunfall sei lebensbedrohlich und man rechne mit Organausfällen. Der schnelle Wechsel von dem höheren zum niedrigeren Umgebungsdruck, der während der Auftauchphase erfolgte, könne bei ihm zur Caissonkrankheit geführt haben, auch einen Lungenriss schließe man nicht.

Da er bei ihnen in den allerbesten Händen wäre, schließlich kümmerten sich hochqualifizierte Taucherärzte und Anästhesie- sowie Intensivpfleger mit einer Zusatzausbildung in Tauchmedizin rund um die Uhr um ihn, solle man sich keine allzu großen Sorgen machen.

„Sich keine Sorgen machen", wiederholte Kathrin leise.

„Das sagte sich so leicht."

Dennoch kreisten ihre Gedanken pausenlos um ihren Vater und sie war enttäuscht.

Gerne hätte sie ihn gesehen und mit ihm gesprochen.

Petersen bemerkte ihren Unmut und nahm sie in seine Arme.

„Morgen rufe ich in aller Frühe in der Klinik an.

Dann sagen die Ärzte schon mehr. Dein Vater wird wieder gesund, bestimmt", versuchte er sie zu trösten.

„Ach", seufzte Kathrin, „das ist alles so furchtbar.

Zuerst verunglückt Mama so komisch und nun Papa.

Das geht doch nicht mit rechten Dingen zu.

Ich bin mir sicher, Hannah steckt hinter all den Geschehnissen. Ich hatte von Anfang ein mulmiges Gefühl.

Schon bei unserer ersten Begegnung. Diese unheimliche Ähnlichkeit mit Mama, das war doch kein Zufall.

Was meinst du dazu?"

Sie schaute Petersen an. Genau dieselben Gedanken hatte er auch.

Es lag ihm ebenfalls daran, herauszufinden, wer hinter den Anschlägen steckte und vor allem, warum zwei Menschen ihr Leben ließen und ein dritter in Lebensgefahr schwebte.

„Wir werden es zusammen herausfinden. Zuerst fahren wir wieder auf den Hof. Ich muss mich um die Tiere kümmern, gleich ist Essenszeit. Weißt du, wo es den besten Fisch und die schmackhaftesten Krabben weit und breit gibt?

Direkt vor unserer Haustür. Einige Fischer sind von ihrem Fang zurück und wir werden uns bei ihnen frische Nordseegarnelen besorgen.

Wir pulen sie selbst und dazu gibt es eine Scheibe leckeres Schwarzbrot mit Butter. Das ist eine komplette Mahlzeit, und das schmeckt, sag ich dir", gab er Kathrin zur Antwort.

„Ich helfe dir beim Pulen und bei den anderen Sachen."

„Prima, dann schaffen wir es locker."

Auf dem Hof angekommen sagte Petersen zu ihr:

„Zieh dich schnell um. Wir treffen uns im Stall.

Zuerst besorge ich noch Stroh aus dem Nebengebäude".

„Ja. Ich beeile mich."

Kathrin rannte zuerst zum Bauernhaus, um Dörte die Krabben zu überreichen. Diese hielt sich jedoch nicht dort auf. Sie stellte die Meerestiere im Kühlschrank ab und lief dann zum Ferienhaus. Sie fand es eigenartig, dass die Haustür weit offen stand. Sie trat ein und erschrak.

Im gesamten Haus sah es aus, wie nach einem Bombenangriff.

Alles war zerwühlt und unordentlich. Das reinste Chaos.

In der Küche lagen Lebensmittel, die aus ihren Verpackungen herausgerissen waren, achtlos auf dem Boden.

Die Zimmer im ersten Stock sahen genauso chaotisch aus. Voller Panik rannte Kathrin zurück und schrie dabei immer wieder Petersens Namen. Dieser kam ihr entgegen.

„Was ist denn los. Warum bist du so aufgebracht. Was ist passiert?"

„Komm mit. Komm mit. Schnell. Schnell".

Mehr sagte Kathrin in ihrem ersten Schreck nicht.

Der Anblick der zerstörten Sachen sprach für sich.

Der Pferdewirt schlug beim Eintreten ins Haus die Hände über dem Kopf zusammen.

„Das fehlt noch. Auf wessen Konto geht die Sauerei? Wo ist denn überhaupt Dörte. Sie hat bestimmt etwas mitbekommen.

Sie wollte den ganzen Vormittag über zu Hause bleiben."

Kathrin und Petersen verließen das Ferienhaus und suchten seine Schwiegertochter. Immer wieder riefen sie ihren Namen, bekamen aber keine Antwort.

„Ihr wird doch nichts zugestoßen sein?", bemerkte er nach einer Weile ergebnislosen Rufens.

„Das glaube ich nicht. Wir finden sie, du wirst sehen. Sie ist nicht weit."

Dieses Mal versuchte sie den Bauern zu trösten. Aus dem Pferdestall bemerkten sie lautes Pferdegetrappel.

„Hörst du das?", fragte er und setzte sich in Bewegung.

Kathrin hinter ihm her.

Der Lärm kam aus Lincolns Box. Petersen lief hinein, von außen erkannte er nicht, warum das Pferd so unruhig war.

Er öffnet die Türe und es verschlug ihm die Sprache.

In der äußersten hinteren Ecke lag unter einem Haufen von Stroh versteckt seine Schwiegertochter.

Sie lag geknebelt und gefesselt in der Box, in der Hoffnung, der Hengst würde sie schon zu Tode trampeln.

Nachdem Petersen sie befreit und ihr einen Schluck Wasser zu trinken gegeben hatte, teilte sie den beiden mit, dass Hannah mit einem ihr fremden Mann auf den Hof gekommen wäre.

Zuerst unterhielten sie sich freundlich.

Hannah fragte sie, ob sie schon die Zeitung gelesen und die Nachrichten gehört hätte.

Der Mann vermittelte einen nervösen Eindruck.

Sie verneinte die Frage, woraufhin er gelassener wurde.

Hannah rechtfertigte ihr Auftreten mit dem Argument, sie müsse etwas für ihren Mann zusammensuchen, was er vergessen hätte, aber unbedingt an Bord brauche.

Vielleicht hätten sie Dörte nicht angerührt, wenn diese nicht zufälligerweise am Ferienhaus vorbeigekommen wäre und das Chaos gesehen hätte, das die beiden anrichteten. Sie suchten irgendwas, das stand fest.

„Aber sie fanden es nicht. Als sie mich erblickten, gerieten sie in Panik, fesselten und knebelten mich und steckten mich zu Lincoln. Wie gut, dass sie ihn aussuchten.

Ich habe ihn praktisch mit der Flasche groß gezogen.

Er würde mich niemals verletzen", erzählte Dörte an Kathrin gewandt.

„Du musst trotzdem zum Arzt", entschied Petersen.

„Wir warten nicht, bis Sven vom Feld zurück ist. Ich fahre dich und suche dann nochmals die Polizei auf. Die sollen sich das ganze Desaster im Haus ansehen. Ist schließlich für die Versicherung wichtig."

„Ich bleibe hier und miste schon mal die Ställe aus", schlug Kathrin vor.

„Es ist keine tolle Idee, dich hier alleine zurück zu lassen. Vielleicht kommen die beiden wieder und entführen dich dann womöglich", gab Petersen zu bedenken.

„Das werden sie sich nicht trauen. Sie vermuten, der Hengst zugetreten hat und Dörte tot oder zumindest schwer verletzt ist.

Das würde bedeuten, die Polizei ist auf dem Hof, um alles durchzukämmen. Die wollen sich nicht erwischen lassen.

Ich glaube, ich bin hier sicher. Du rufst die Polizei von unterwegs an und fährst unbesorgt mit Dörte zum Arzt. Ich zeige ihnen dann alles. Außerdem kenne ich Herrn Klaasen nun schon ziemlich gut."

„Was?", fragte Dörte und packte sich an den Kopf, der hämmerte.

„Woher kennt sie den Inselsheriff?"

„Das erkläre ich dir alles auf dem Weg zum Doktor", versicherte Petersen ihr und schob sie sanft in sein Auto.

„Wie eine einzige Familie so viel Unruhe auf unsere schöne, sonst so geruhsame Insel bringen kann, ist mir ein Rätsel", waren die ersten Worte von Klaasen, als er auf dem Hof eintraf und Kathrin, in der Stalltür stehend, erblickte.

Er hatte zwei weitere Polizeibeamte dabei.

„Petersen sagte mir am Telefon, du wüsstest Bescheid und könntest uns schon mal einweisen, solange er nicht hier ist", fuhr er fort.

„Klar, es handelt sich um das Ferienhaus, in dem wir momentan untergebracht sind. Es liegt da hinten", erwiderte Kathrin. Gemeinsam marschierten sie zum Haus.

„Hannah und ihr Begleiter haben eine ziemliche Unordnung hinterlassen. Hat ihnen Opa Petersen von Dörte berichtet?", informierte sie sich.

„Hat er."

Die Kollegen verschwanden im Haus. Klaasen blieb draußen stehen und erklärte Kathrin, warum sie nicht mit hinein dürfe und er ihr wachsames Auge auf dem Hof benötigte.

„OK", war ihr Kommentar.

„Wenn sie mich brauchen, ich bin im Stall."

Es dauerte eine ganze Weile, bis sie mit ihren Untersuchungen fertig waren.

Fast gleichzeitig traf Petersen wieder ein. Allein.

Der Arzt empfahl, Dörte direkt ins Krankenhaus zu bringen, um sie intensiver abzuchecken, vor allem zu röntgen. Denn so ein Gerät hatte er nicht in seiner Praxis.

Der Doktor in der Inselklinik meinte, es wäre angebracht, sie für eine Nacht dort zu belassen, um Spätfolgen auszuschließen.

Kathrin betrachtete die Vorfälle und die sich daraus ergebenden Konsequenzen skeptisch.

„Es ist alles unsere Schuld", schluchzte sie und rannte auf Petersen zu, der sie sofort in seine Arme nahm.

„Na, wir lassen mal den Kopf nicht hängen. Klaasen und seine Truppe finden die Schuldigen."

Den Inselsheriff ließen die Tränen Kathrins ebenfalls nicht kalt.

Er versuchte, sie zu beruhigen.

„Wenigstens wissen wir, wen wir suchen.

Das erleichtert uns hoffentlich die Arbeit. Sie haben hier das Haus verwüstet, das bedeutet, sie halten sich in der näheren Umgebung auf. Wäre doch gelacht, wenn wir sie nicht ruckzuck erwischen."

Kathrin beruhigte sich etwas.

„Seid ihr mit den Untersuchungen auf dem Hof fertig?", erkundigte sich Petersen.

„Das sind wir", antwortete Klaasen.

„Was habt ihr festgestellt?"

„Ich muss dir doch nicht sagen, dass das Ergebnis erst nach einer Auswertung erfolgt. Nur so viel. Wir gehen, genauso wie Kathrin es vermutete, davon aus, dass sie etwas für sie Wichtiges gesucht, es jedoch nicht gefunden haben.

Wenn wir nur wüssten, was für die so von Bedeutung ist.
Peter, ich möchte dich nicht beunruhigen.
Es ist aber möglich, dass das Gaunerpärchen wiederkommt, um weiter nach der unbekannten Sache zu suchen.
Ich werde nicht drum herumkommen und vom Festland Verstärkung anfordern, um ein oder zwei Beamte bei euch auf dem Hof zu postieren. Wunder dich nicht, wenn heute Abend Leute vor deiner Tür stehen. Ich rufe dich an, bevor ich sie zu euch schicke."
„Meinst du, dass der ganze Aufwand nötig ist?", zweifelte Petersen die Vorgehensweise von Klaasen an.
„Und ob. Es gibt bereits eine Leiche und zwei Verletzte, davon einer schwer. Es erscheint mir zu riskant, euch dem allen schutzlos zu überlassen. Keine Widerrede, meine Männer sind in ein paar Stunden hier."
Mit diesen Worten verließen er und seine Beamte das Grundstück. Der Bauer und Kathrin waren wieder alleine.
„Hast du auch so einen Bärenhunger wie ich?", fragte er das Mädchen.
„Mein Magen knurrt schon. Ich dachte, du hättest das gehört."
„Dann lass uns mal nach den Krabben sehen. Es wird eine Weile dauern, bis wir eine Mahlzeit zusammen haben, wir müssen sie ja pulen. Aber so frisch schmecken sie super."
Er hatte nicht übertrieben. Nach einer weiteren Stunde aßen sie endlich etwas und es war so köstlich wie schon lange keine Mahlzeit mehr. Nachdem sie sich gestärkt hatte, versuchte Kathrin wieder Ordnung im Ferienhaus zu schaffen, zumindest soweit es ihr möglich war.

Sie räumte Olivers und ihr Zimmer auf, damit sie wenigstens dort übernachteten. Anschließend säuberte sie noch die Küche.

Der Rest wäre am folgenden Tag schnell erledigt.

Zwischendurch schaute Petersen immer mal herein, um zu sehen, wie sich Kathrin hielt.

Sie lehnte seine Hilfe ab. Er sah, dass sie fast alles tipp topp aufgeräumt hatte, und unterbreitete ihr einen Vorschlag, den sie nicht ablehnen konnte.

„Wenn wir morgen nicht zu deinem Vater dürfen, dann unternehmen wir beide einen Ausflug, mit den Pferden.

Ich zeige dir einige sehenswerten Ausflugsziele der Insel und meine Geheimtipps, die von den Touristen nicht so überlaufen sind.

Wie gefällt dir das?"

„Das wäre echt cool. Aber erst rufen wir früh in der Klinik an."

„Das ist Ehrensache. Bevor du zu Bett gehst, kannst du zu mir rüber kommen, wenn du willst. So alleine in dem Haus, das ist doch nichts. Wir unterhalten uns etwas.

Erscheinen die Polizeibeamten dann zur Bewachung, lasse ich dich ruhigen Herzens in deinem Zimmer schlafen."

„Oh ja, ich möchte ganz viel über die Insel erfahren."

Zwischenzeitlich war der Jungbauer von der Feldarbeit heimgekehrt.

Opa Petersen hatte ihn auf seinem Rückweg vom Krankenhaus über den Anschlag auf Dörte informiert.

Da für die nächsten Tage schlechtes Wetter angesagt war, musste er unbedingt den Rest des Ackers abmähen, um so Futter für die Tiere zu erhalten, bevor er seine Ehefrau in der Klinik würde besuchen können.

Das hatte er nun erledigt. Er wusch sich schnell, zog sich um und fuhr dann zu ihr. Mit seinem Erscheinen am selben Abend solle sein Vater nicht rechnen. Er wolle versuchen, ebenfalls im Krankenhaus zu übernachten, um so nah bei seiner Frau zu bleiben.

Der Pferdewirt servierte Kathrin einen Kakao, gönnte sich die Variante ‚Tote Tante' mit Rum.

Eine makabere Bezeichnung angesichts des verstorbenen Herrn Drünenberg.

Petersen erzählte ihr allerhand Interessantes über die Insel.

Ihre Entstehung, wie sie zu ihrem Namen kam und was er bedeutet. Am spannendsten fand Kathrin jedoch die Schilderungen über das Watt.

„Früher", begann Opa Petersen, „als es keine Fähren gab, wurde der Wattenweg zwischen Föhr und Amrum natürlich intensiver als heute benutzt. Er diente sogar zur Postbeförderung.

Und da kein staatlich geprüfte Führer zur Verfügung stand, so wie das heute der Fall ist, und es auch keine technischen Hilfsmittel gab, musste man allein mit den Widrigkeiten der Watten fertig werden. Aus diesem Grund kam es des Öfteren zu kleinen Tragödien.

Zum Beispiel am 05.02.1834, als drei Föhrer nach Amrum ritten und sich gegen 16.00 Uhr desselben Tages auf den Heimweg machten.

Es dunkelte und war neblig, so dass sie die Wegzeichen verloren. Schon bald fanden sie sich ringsum von Wasser umgeben, nur eine Sandbank lugte etwas hervor.

Auf diese retteten sie sich, während die Flut immer höher kletterte.

Als das eiskalte Wasser schon die Rücken der Pferde bedeckte, schlossen sie sich eng zusammen, um sich gegenseitig zu halten.

Ein Ross stürzte leider und riss seinen Reiter mit sich fort.

Den anderen beiden gelang es nach vier weiteren langen Stunden, bei einsetzender Ebbe den Weg zu finden und Föhr zu erreichen."

Kathrin lauschte andächtig.

Sie verschlang Petersens Geschichten.

„Das ist sehr spannend, Opa Petersen. Hast du noch so eine Geschichte parat?"

„Mal sehen", antwortete er und überlegte, welches Ereignis aufregend war.

„Ach ja. Da gab es einen Föhrer Händler, der den Weg schon Hunderte Male zurückgelegt hatte, und er ihm so vertraut war wie seine Westentasche.

Er geriet im Spätherbst in schwere Hagelböen, unterwegs mit einem Passagier in einem Gespann nach Amrum.

Die Flut stieg weitaus schneller als beide es erwartet hatten, und die Situation wurde lebensbedrohlich.

Doch der Fuhrmann behielt die Nerven. Er spannte das Pferd aus, setzte sich mit seinem Passagier darauf und überließ es dem Ross, seinen Weg zu finden. Das Tier durchschwamm mit seinen Reitern mehrere Priele und erreichte sicher das Land. Sie waren gerettet.

Den Wagen fand man später umgestürzt in den Watten."

„Siehst du, Pferde sind die besten Führer. Ohne sie wären alle verloren gewesen", sagte Kathrin begeistert.

„Da ist was Wahres dran, meine Kleine."

„Reiten wir morgen zu der Stelle, von der aus man nach Amrum rüber kommt? Das interessiert mich, jetzt wo ich diese Geschichten von dir gehört habe", sagte sie aufgeregt.

„Mal sehen, ob wir das einrichten können. Jetzt ist es aber langsam Zeit fürs Bett. Ich verstehe nicht, warum Klaasen noch nicht angerufen hat."

Keine Sekunde später, klingelte das Telefon und der Dorfpolizist kündigte an, dass zwei Beamte auf dem Weg seien.

Es war schon ziemlich spät, als es an der Tür klopfte.

Petersen öffnete zuerst nur den oberen Teil der Türe, um zu sehen, wer draußen stand.

Er erkannte einen Inselpolizisten, Paul Stöven. Der andere Beamte war ihm nicht bekannt und Oliver, der vom Polizisten ziemlich grob festgehalten wurde.

„Schönen guten Abend Herr Petersen. Dieser Bursche hier hat sich auf Ihrem Grundstück rumgetrieben. Wir haben ihn dort hinten bei ihrem Ferienhäuschen erwischt.

Er behauptet, er sei Feriengast auf Ihrem Hof.

Ist das korrekt?", erkundigte sich Herr Stöven.

„Ja, lassen sie den jungen Mann los. Das ist Oliver, er ist mein Gast, genauso wie Kathrin."

Petersen stellte sich weg von der Tür, so dass die Beamten das Mädchen auf dem Sessel im Wohnzimmer sahen.

Augenblicklich ließ Stöven seinen vermeintlichen Ganoven los. Oliver rieb sich die Handgelenke. Der Beamte hatte einen Henkergriff.

„Nichts für ungut", entschuldigte er sich.

„Wir werden morgen gegen sechs Uhr abgelöst.

Solange machen wir es uns im Stall bequem."

„Wartet mal."

Petersen lief in die Küche und kam mit einer riesigen Warmhaltekanne und zwei Tassen zurück.

„Schwarzer Tee mit Zitrone, der wird euch wach halten", sagte er und reichte den beiden die Teile an. Sie bedankten sich und zogen fort. Petersen bat Oliver hinein. Er sah ihn durchdringend an.

„Hast du was gegessen, Junge?", fragte er.

„Ich durfte bei Myriam in der Klinik mit essen. Danke. Ich habe keinen Hunger mehr, bin nur müde. Wenn Sie nichts dagegen haben, lege ich mich schlafen. Wie geht es Kathrin?"

„Sie hält sich tapfer. Wir machen morgen einen Ausflug. Das wird sie ablenken. Du darfst dich gerne anschließen, natürlich mit Myriam."

„Das ist nett. Wir verbringen aber lieber Zeit im Wellenbad. Das ist ausgezeichnet für ihre Gesundheit und macht gleichzeitig Spaß. Haben Sie etwas von meinem Vater gehört?"

„Leider ist seine Lage unverändert. Übrigens, wunder dich nicht, wenn es drüben unordentlich aussieht. Hannah und ihr Freund haben alles kurz und klein gehauen. Meine Tochter hat sie dabei erwischt. Nun liegt sie im Krankenhaus."

„Das gibt's doch nicht. Ich habe mich eh gefragt, was die Bullen hier wollen. Jetzt wird mir einiges klar. Dürfen wir trotzdem bei Ihnen bleiben. Ich verstehe, wenn Sie das ablehnen. Schließlich haben Hannah und dieser fiese Kerl das Leben Ihrer Tochter bedroht."

„Dass ihr bei uns bleibt, bedarf gar keiner Diskussion und sag endlich du zu mir. Kathrin macht das schon von Anfang an."

Oliver war dankbar für dieses Angebot. Mit einem Mal fühlte er sich nicht mehr so verlassen und dieser Hof schien ihm ein Stück vertrauter zu werden.

„Wenn du morgen oder in der nächsten Zeit Hilfe benötigst", bot er deshalb Petersen an, „ich meine im Stall oder sonst wo, sag mir Bescheid.

Du brauchst doch jemanden. Dörte fällt erst mal aus und für zweieinhalb Personen", er schaute auf Kathrin, „ist es viel Arbeit."

„Ich werde auf dein Angebot zurückkommen, danke.

Aber nun wandert ihr beide in die Kojen."

In Richtung Wohnzimmer gewandt rief Petersen:

„Kathrin, es ist schon spät."

Die Nacht verging rasend schnell.

Kathrin stand besonders zeitig auf, um den Rest des Hauses auf Vordermann zu bringen.

Das gelang ihr hervorragend. Oliver war etwas genervt vom Geräusch des Staubsaugers.

Da er jedoch Petersen versprochen hatte zu helfen, zog er sich ebenfalls recht früh an und suchte den Stall auf, wo der Bauer schon dabei war, die Pferde zu striegeln.

„Aus dem Bett gefallen?", unkte er, als er das verschlafene Gesicht von Oliver sah.

„So ähnlich. Kathrin saugt schon stundenlang im Haus rum, da bekommt man kein Auge zu. Wo soll ich denn jetzt helfen?"

„Bist du ebenfalls so ein Pferdenarr wie deine Schwester?"

„Eher nicht."

„Dachte ich mir. Striegeln fällt dann flach. Wie wäre es mit Stall ausmisten?

Das alte stinkende Zeug erst mal in die Schubkarre und wenn die voll ist draußen auf den Riesenhaufen.

Anschließend aus der intakten Scheune neue Strohballen holen und in jede Box zwei davon ausbreiten und verteilen."

„O.K."

„Gut, die Schubkarre und die Mistgabel stehen da drüben."

Oliver hielt zum ersten Mal in seinem Leben diese Arbeitsgeräte in seinen Händen.

Ganz wohl war ihm nicht bei dem Gedanken, zehn Pferdeboxen auszumisten. Kathrin war darin viel besser.

Er hatte sich nie etwas aus Pferden gemacht.

Sie waren ihm irgendwie unheimlich und zu groß.

Er verstand nicht, was seine Schwester so toll an diesen Tieren fand.

Aber, Jammern half nichts. Er hatte seine Hilfe angeboten, war dankbar, dass Kathrin und er auf dem Hof bleiben durften, und irgendwie wollte er sich revanchieren.

„Du stellst dich gar nicht dumm mit der Mistgabel in der Hand an", hörte er auf einmal eine Stimme hinter sich und ein Gekicher.

In der Stalltür standen Myriam und seine Schwester.

Augenblicklich ließ er alles stehen, wischte sich seine Hände an seiner Jeans sauber und begrüßte seine Freundin mit einem schüchternen Kuss auf die Wange.

Sie auf den Mund zu knutschen, traute er sich nicht, da seine Schwester dabei stand.

„Ich war gespannt, wo du so untergekommen bist", rechtfertigte Myriam ihr Erscheinen.

„Außerdem haben wir vor, gemeinsam im Wellenbad zu schwimmen."

„Dafür kommst du soweit raus? Muss Liebe schön sein." Kathrin verkniff sich einen Kommentar nicht.

„Wann unternimmst du denn mit Petersen deinen Ausflug?"

Oliver überlegte, wie er seine kleine, störende Schwester loswurde.

„Er telefoniert mit dem Krankenhaus, in dem Papa liegt. Vielleicht besuchen wir ihn."

„Das denke ich nicht", meldete sich eine Stimme hinter ihnen.

Kapitel 5

Petersen hielt sein Handy in der Hand und betrat den Stall.

„Euer Vater ist für einige Sekunden aufgewacht. Das ist ein gutes Zeichen. Leider darf er immer noch keinen Besuch empfangen. Wir müssen einen weiteren Tag abwarten."

„Schade", bemerkte Kathrin.

„Hast du denn auch mit Dörte gesprochen?", fragte sie neugierig.

„Ja. Es geht ihr besser. Mein Sohn bringt sie heute Vormittag mit heim. Sie hat keine inneren Verletzungen. Die Kopfschmerzen haben sich gelegt und sie behält nichts zurück."

„Das ist eine fantastische Nachricht", freute sich Oliver und stellte dem Bauer seine neue Flamme vor.

Bis auf zwei Boxen hatte er alle durch. Petersen schaute sie sich an und bedeutete Oliver, dass er sich für den Rest des Tages amüsieren solle.

„Die zwei letzten Boxen nehmen Kathrin und ich uns vor, bevor wir den Ausflug unternehmen."

„Cool. Dann geh ich jetzt. Bis heute Abend. Tschüss."

Oliver und seine Freundin gelangten gar nicht schnell genug zum Wellenbad, um dort, ungestört von der Familie, ihrer Zweisamkeit nachzukommen.

Nachdem Petersen und Kathrin die beiden restlichen Boxen gereinigt hatten, sattelten sie ihre Pferde und ritten zum Deich bei Groß-Dunsum.

Sie sahen vom Seedeich in Richtung Westen und erkannten den Leuchtturm von Hörnum auf Sylt. Da die Sicht an diesem Tag ausgezeichnet war, erblickten sie weiter rechts die Hochhäuser von Westerland.

Halblinks von ihrem Standort sichteten sie die Dünen im Vogelschutzgebiet Amrum-Odde, dem Ziel der Wattwanderung, wenn man von Dunsum nach Amrum den Marsch von zwei Stunden durchs Watt nicht scheute. Der Weg dorthin belief sich auf ungefähr acht Kilometer.

„Man läuft fast ausschließlich auf sandigem Meeresgrund", erklärte Petersen.

„Die durch das Wasser hervorgerufenen Waschbrettriffeln sind eine nette Massage für die Füße. Deshalb solle möglichst barfuß gegangen werden. Aber dabei muss man höllisch aufpassen, nicht auf eine Qualle zu treten, die hier überall im Küstengewässer treiben und schwimmen, da sie wahnsinnig auf der Haut ziepen. Das ist zwar, außer für extreme Allergiker, nichts Lebensgefährliches, aber unangenehm."

„Und was macht man, wenn man doch auf eine getreten ist?"

„Da gibt es mehrere Möglichkeiten. Entweder ein linderndes Mittel aus der Apotheke auf die betreffende Stelle reiben oder Essig.

Da die Wattläufer aber nicht immer Essig bei sich haben, ist es auch denkbar, auf freier Wildbahn zu Pipi zu greifen. Und bloß keine falsche Scham, die ist dann unangebracht."

„Trotzdem igitt."

Kathrin schüttelte sich, bevor sie die nächste Frage stellte.

„Ist es möglich, quer rüber zulaufen?"

„Hin und wieder gibt es kleine, seichte Priele, die durchwatet werden müssen und nur etwa zwanzig Minuten vor Amrum ist ein tieferer Priel. Er wird das ‚Mittelloch' genannt und trennt das Föhrer vom Amrumer Watt.

Schiffe mit geringem Tiefgang benutzen bei Hochwasser das Mittelloch als Fahrwasser."

„Das hört sich ungemein faszinierend an. Am liebsten würde ich so eine Wattwanderung mal mitmachen. Oder laufen wir beide alleine da rüber?"

„Nee, das unternehmen wir nur mit einem, der sich auskennt.

Aus meinen Geschichten ist dir doch bekannt, wie gefährlich es ist, sich unwissend ins Watt zu wagen."

„Ja, ich weiß. Wie lange würde es denn dauern, bis wir um die Insel herum geritten sind?"

„Einmal um das Eiland rum, macht achtunddreißig Kilometer, von denen wir zweiundzwanzig Kilometer auf dem Deich zurücklegen müssten. Wie lange das dauert, hängt von unserem Tempo ab.

Heute schaffen wir es nicht mehr. Ich möchte gerne zurück reiten, um zu sehen, wie es Dörte geht. Irgendwie mache ich mir doch Sorgen um sie."

„Natürlich. Das verstehe ich. Meinem Papa möchte ich auch beistehen, wenn ich dürfte.

Bin schon aufgeregt wegen morgen, dann fahren wir zu ihm rüber."

Sie ritten zurück. Unterwegs hielten sie an einer Fahrradtankstelle, von denen es mehrere auf der Insel gab, und kauften sich etwas zu trinken.

Da Kathrin nie genug von Petersens Geschichten und Anekdoten zu hören bekam, erzählte er ihr noch, wie sich der Sage nach der Bau der St. Laurenti - Kirche verhielt.

Sie erfuhr, dass sich die Menschen damals über den Bauplatz für die Kirche spät einigten. Nach unendlichem Hin und Herr beschlossen sie, dass der Kirchweg von allen Dörfern gleich lang sein solle und sie suchten einen Platz zwischen Süderende und Klein-Dunsum und begannen, die Kirche dort zu errichten.

Doch was die Bauleute bei Tag aufstellten, das rissen zwei Riesen in der Nacht wieder ab. Sie schnappten sich die riesigen Feldsteine, aus denen die Menschen das Gotteshaus erstellten und trugen sie unbeschwert auf ihren Armen in die Heide südlich von Süderende hinaus und errichteten dort nach ihrem Plan die Kirche.

Als der Bau fast vollendet war und nur die letzten Ziegel auf dem Dach fehlten, gerieten die Riesen miteinander in Streit, während sie zu beiden Seiten des Kirchenschiffes knieten.

Anfangs war die Auseinandersetzung recht harmlos, da sie sich über die Kirche hinweg nur bei den Haaren zausten.

Doch nach einer Weile standen sie auf und packten sich gegenseitig, so dass sie fast den ganzen Bau umgestoßen hätten.

Zum Glück dauerte der Kampf nicht lange, denn beide brachten sich einander tödliche Wunden bei.

In zwei großen Wällen östlich des Gotteshauses, die man ,Riesenbetten' nennt, sollen sie begraben sein.

Die Kirche, an der die Riesen gebaut hatten, wurde nun unbeschwert fertig gestellt. Als die Entfernung nach den einzelnen Ortschaften ausgemessen wurde, da erkannten die Menschen, dass die Riesen den besten Platz gewählt hatten. Denn von dem ersten Bauplatz wäre der Weg nach Hedehusum und Utersum doch zu weit gewesen.

Kathrin fand die Sage abenteuerlich und trotzdem erheiternd. Vergnügt ritt sie neben dem Bauern her.

Auf dem Hof angekommen, wurden sie schon ungeduldig von einem seltsamen Empfangskomitee erwartet.

Neben Dörte und Petersens Sohn erkannten sie den Inselsheriff, seine beiden Polizeibeamten sowie drei weitere unbekannte Männer auf dem Grundstück.

Aufgebracht kam Klaasen auf Petersen zu.

„Moin", begrüßte dieser die Leute und war dabei, Dörte zu umarmen, da sprudelte es aus Klaasen heraus.

„Also Peter, du wirst nicht glauben, was passiert ist."

„Das erzählst du mir gleich", war dessen trockener Kommentar.

„Peter, so läuft das nicht. Seitdem diese Familie bei dir angeblich Urlaub macht, wird hier einer nach dem anderen abgemurkst."

„Was? Gibt es etwa wieder eine Leiche? Wer ist es dieses Mal?", fragte er eher scherzhaft denn ernsthaft.

„Es tut mir leid dir sagen zu müssen, dass dein Freund, der Kapitän der ‚Klar Kimming', Jan Jensen vor etwa drei Stunden tot in seiner Kajüte aufgefunden wurde.

Jemand hat ihn auf dieselbe Weise umgebracht wie Herrn Drünenberg."

Petersen starrte ungläubig in die Runde. Einer der drei ihm unbekannten Männer ergriff das Wort.

„Mein Name ist Joachim Schneider. Ich und meine Mitarbeiter", er zeigte auf die beiden anderen, „kommen vom BKA. Wir werden die Ermittlungen in den Fällen ‚Drünenberg', ‚Bremeke' und ‚Jensen' zu einem zusammenführen und vom BKA aus weiterbearbeiten."

„Sie meinen die beiden Morde und der Tauchunfall gehören zusammen?", staunte Petersen.

Er begriff langsam, dass es auch seinen Freund erwischt hatte.

„Davon ist auszugehen. Alle Indizien sprechen dafür."

„Erklären Sie mir das bitte etwas näher?", bat Petersen.

„Leider sind wir nicht befugt, Auskunft zu geben."

„Ich bin nicht irgendjemand. Ich bin, ich war sein Freund und meine Tochter hätte auch schon tot sein können. Wir haben ein Recht darauf, etwas zu erfahren."

„Wenn Sie dieser Meinung sind, ist das Ihre Sache. Ich kann Ihnen nicht weiterhelfen. Mir sind die Hände gebunden. Tut mir leid."

Er bedeutete seinen Mitarbeitern, in den Dienstwagen einzusteigen, was diese sofort unternahmen und augenblicklich waren sie verschwunden.

Zurück blieben drei verdutzte Inselpolizisten, die Familie Petersen und Kathrin, die nicht weniger erstaunt waren.

Der Bauer wandte sich an Klaasen.

„Was war das denn für ein Auftritt?"

„So sind sie, diese Großkotze vom BKA. Denken, sie seien etwas Besseres und schlauer. Wollen doch mal sehen, ob das stimmt."

Der Inselsheriff blickte dem Wagen hinterher, erhob seinen Stinkefinger in dessen Richtung und schrie:

„Mit mir nicht. Nicht mit Klaasen, ihr Säcke."

Zur Unterstützung des Gesagten spuckte er vor sich aus, zog seine Hose, die ihm hin und wieder verrutschte, gerade und gab erleichtert zu:

„So, nun fühle ich mich besser und wir überlegen uns einen Plan, wie wir es diesen arroganten Schnöseln vom Festland zeigen."

Seine beiden Kollegen nickten zustimmend.

Petersen fand endlich Zeit, Dörte und seinen Sohn zu begrüßen. Anschließend erkundigte er sich bei Klaasen nach den Umständen von Jensens Tod.

Ihm war bewusst, Klaasen durfte von Amts wegen überhaupt nichts sagen. Deshalb stellte er es geschickt an, ihn auszufragen.

„Du hast aber mächtig Wut auf die Leute vom BKA."

„Das stimmt wohl. Kommen hierher, reißen alles an sich, geben keine Informationen heraus und verlangen von uns, sie auf dem Laufenden zu halten."

„Ja, solche Schnösel kenne ich. Schrecklich, wie sie sich in alles einmischen. Wer hat Klaasen denn gefunden?"

„Der Hafenmeister. Sie und ein paar andere Seeleute hatten sich für den Abend zuvor im Farmer's Inn verabredet, zum Karten spielen.

Jensen erschien nicht. Da hat sich noch keiner was bei gedacht.

Der Hafenmeister versuchte, ihn telefonisch zu erreichen, es war jedoch andauernd besetzt.

Nachdem er am anderen Morgen immer nur das zu hören Besetzzeichen bekam, erahnte er nichts Gutes.

Er fuhr zum Schiff und fand Jensen dann auf seiner Koje, in einer Blutlache liegend.

Kein schöner Anblick. Die Augen waren weit aufgerissen, sie quollen fast aus den Augenhöhlen heraus. Sein Gesicht total verzerrt.

Seine Hände an seiner Kehle. Er hatte wohl versucht, die Blutung zu stoppen. Er ist elendig krepiert. Furchtbar.

So und nun lass uns in Ruhe unsere Arbeit erledigen.

Du hast mich genug ausgefragt", antwortete Klaasen mit einem Grinsen.

Er und seine Männer nahmen sich nochmals das Ferienhaus vor. Vielleicht hatten sie beim letzten Mal doch etwas übersehen.

Kathrin und Petersen liefen ins Haus, wo Dörte und ihr Mann schon warteten.

„Unglaublich. Wie oft stellen die denn noch alles auf den Kopf?", beschwerte sich Dörte.

„Die tun nur ihre Pflicht", gab ihr Mann zur Antwort.

„Nach was suchen die überhaupt?", fragte Petersen.

Er schaute seinen Sohn und Dörte prüfend an.

„Haben sie euch das verraten?"

„Mit keinem Wort. Aber es gehört bestimmt Bremeke. Wenn schon ihre Stiefmutter und der komische Kerl was gesucht haben, dann muss es dem Wissenschaftler gehören", wiederholte sein Sohn.

„Stimmt. Und mir ist eingefallen, von wem ich weitere Informationen über die beiden Toten bekomme. Ich fahre noch mal weg", erklärte Petersen.

„Nimmst du mich mit, wo immer du hinfährst?", bettelte Kathrin, „es betrifft mich genauso. Ich will wissen, warum Papa diesen Unfall hatte."

„In Ordnung. Komm, wir fahren zum Hafen."

Sie fuhren schon eine ganze Weile und saßen schweigend nebeneinander, bis Kathrin ihre Neugier nicht mehr bezähmte.

„Sag schon endlich, zu wem wir fahren."

„Zum Hafenmeister", antwortete er nur knapp.

„Warum ausgerechnet zu dem?"

„Weil er Jensen gefunden hat und das heißt, er sagt uns, wie es im Schiff zu diesem Todeszeitpunkt ausgesehen hat. Obwohl ich mir schon ausmalen kann, wie.

Zweitens war der Hafenmeister ebenfalls zugegen, als die Leiche von Drünenberg gefunden wurde.

Vielleicht gibt er uns auch dazu Auskunft.

Er hat seine Augen und Ohren überall im Hafen und er bemerkt jede kleine Veränderung in seinem Bereich."

„Meinst du denn, er spricht so ohne weiteres gerade mit uns darüber?"

Kathrin war skeptisch.

„Hier kennen sich die Einheimischen schon so viele Jahre. Das Leben auf der Insel schweißt zusammen, da es nicht immer leicht ist, gegen die Natur und die Touristen anzukämpfen. Er wird mir sagen, was er gesehen hat, darauf wette ich."

Sven Olsen, der Hafenmeister saß in seinem Büro am Schreibtisch und las zum x-ten Mal den Zeitungsartikel über den Mord an Drünenberg.

„Moin", grüßten Petersen und Kathrin wie aus einem Mund.

Olsen erhob seinen Kopf und sah die beiden in der Tür stehen. Etwas erstaunt antwortete er.

„Moin, Petersen. Komm doch herein. Wen hast du denn da mitgebracht?"

„Das ist Kathrin Bremeke. Sie und ihre Familie verbringen ihre Ferien bei uns."

Olsen kam von seinem Schreibtisch hervor und gab beiden die Hand. Angestrengt überlegte er.

„Bremeke? Heißt nicht so der Mann, der den schrecklichen Tauchunfall hatte?"

„Genau. Das ist seine Tochter."

Zu Kathrin gewandt sagte er:

„Das mit deinem Vater tut mir leid, aber im Gegensatz zu Drünenberg und Jensen hatte er wohl noch mal Glück. Wie geht es ihm denn?"

„Wir besuchen ihn vielleicht morgen", sagte Kathrin.

„Wo du schon die Namen erwähnst", hakte Petersen schnell nach, „wir sind zu dir gekommen, weil du der Einzige bist, der in der Lage ist, uns weiterzuhelfen."

„Weiterhelfen? Wie ist das gemeint?"

„Du hast Drünenberg gesehen, als Leiche und Klaasen tot aufgefunden. Du warst sicher auf dem Schiff, als sie Kathrins Vater in die Klinik gebracht haben und du bist somit die einzige Person, die bei allen drei Opfern anwesend war."

„Ja, stimmt. Aber, wie helfe ich euch damit weiter?"

„Indem du unsere Fragen beantwortest und scharf nachdenkst, ob dir irgendetwas Merkwürdiges bei allen drei Opfern aufgefallen ist. Etwas, das uns die Morde und die Anschläge – schließlich war Dörte auch betroffen – aufklären lässt."

Entsetzt fragte Olsen:

„Wie Dörte, was ist denn mit ihr?"

Schnell gab Kathrin die Antwort.

„Sie wurde in unserem Ferienhaus überfallen. Dann haben Hannah und ihr Freund sie geknebelt und zu Lincoln in den Stall gebracht, wo der Hengst sie tot trampeln sollte."

„Das kann doch nicht angehen? Was sind das bloß für Menschen?"

„Hannah ist meine Stiefmutter", entgegnete sie angewidert.

Olsen traute seinen Ohren nicht und so erzählten Petersen und Kathrin ihm abwechselnd die ganze Geschichte.

Sie weihten ihn in die Sache ein, denn von ihm erhofften sie sich, der Lösung einen Schritt näher zu kommen.

Nachdem er alles erfahren hatte, lief er kopfschüttelnd zu einem der vielen im Zimmer aufgestellten Aktenschränke.

Er öffnete eine Schranktür und holte eine Flasche vom feinsten Rum sowie drei Gläser heraus.

Dann lief er zum Kühlschrank, der neben dem Waschbecken stand und entnahm eine kleine Colaflasche.

„Auf diese unglaubliche Geschichte brauch ich erst mal einen Schluck vom ausgezeichneten Rum und du möchtest doch bestimmt eine Cola", sagte er augenzwinkernd zu dem Mädchen.

„Gerne."

„Ja, gib mir ebenfalls einen ordentlichen Schluck, ich mix ihn mit einer Cola, wenn du eine weitere hast."

„Natürlich."

Abermals lief er zum Kühlschrank, entnahm eine Flasche, öffnete sie und schüttete jedem ein Glas ein.

Sie erhoben die Gläser und stießen an.

„Prost. Dann lasst uns mal sehen, wie wir den Fall lösen und wie ich euch behilflich sein kann."

Olsen setzte sich wieder auf seinen Bürostuhl und bedeutete Petersen, dass er mit den Fragen beginnen könne.

„Also dann", startete der Bauer.

„Wichtig ist, dass du dich erinnerst, wie es im Schiffsinneren aussah, nicht nur im Labor, auch in den anderen Räumlichkeiten, nachdem du Jensen gefunden hast.

War alles aufgeräumt, so wie wir es nach dem Anschlag auf Bremeke vorfanden, oder war es durchwühlt?"

„Da herrschte das totale Chaos. Das war so gar nicht Jensens Art. in dem Raum, in dem er lag, war so ein Wirrwarr, unvorstellbar.

Das war der Raum, der als sogenanntes Labor diente.

Überall lagen Papiere herum, die Schränke aufgebrochen und das Zeug aus den Schränken lag teilweise zertrampelt auf dem Boden.

Es sah furchtbar aus."

„Was war mit dem Laptop?", erkundigte sich Petersen.

„Mit was?"

„Mit dem Computer."

„Was soll damit gewesen sein?"

„War er noch da?"

„Ich habe keinen gesehen. Auf dem Schreibtisch lag ein irres Durcheinander an Aufzeichnungen, die total durchgeweicht waren. Jemand hatte die Wasserproben darüber ausgegossen.

Leere Schachteln stapelten sich in einer Ecke, aber keine Spur von einem Computer."

„Das dachte ich mir."

Petersen strich sich mit der linken Hand über sein Kinn.

„Was denkst du?", platzte es aus Kathrin heraus.

„Sag schon. Wir wollen es wissen."

„Sie sind hinter den Aufzeichnungen her, die dein Vater sich notiert hat. Sie suchen aber nur spezielle.

Eventuell sind sie auf der Festplatte des Laptops gespeichert, davon sind jedenfalls Hannah und ihr Komplize ausgegangen. Sie haben schon im Ferienhaus danach gesucht. Und deine Stiefmutter hat wahrscheinlich in eurer Abwesenheit auch euer Elternhaus auf den Kopf gestellt, um an die besagten Aufzeichnungen zu kommen.

Woran arbeitet dein Vater? Kennst du dich auf dem Gebiet ein bisschen aus? Oder weiß Oliver, was so einträglich ist, dass dafür einige Morde begangen wurden?"

„Papa hat nie mit uns über seine Arbeit gesprochen. Das durfte er nicht, wie er zu uns sagte.

Du hast Recht, es muss etwas Besonderes sein.

Wir fragen ihn morgen, wenn wir ihn im Krankenhaus besuchen."

„Das werden wir. Die Leute vom BKA werden sich ebenfalls bei ihm danach erkundigen.

Aber ich habe ein mulmiges Gefühl bei diesen Burschen und hoffe, dass wir morgen vor ihnen mit deinem Vater sprechen, um ihn zu warnen. Speziell vor Hannah, ihrem zwielichtigen Freund und den BKA-Männern."

„Übrigens", sagte Olsen, „die Leichenschau der beiden Toten ist für Dienstag angesagt. Möglich, dass der Leichenbeschauer weitere Details feststellt."

„Na ja, da bin ich mal gespannt. Warum Drünenberg ermordet wurde, leuchtet mir nicht ein", überlegte Petersen laut.

„Die brauchten ein Schiff, um abzuhauen und sich günstig irgendwo zu verstecken, das erklärt es doch", entgegnete Olsen.

„Ne, das überzeugt mich nicht. Da steckt noch was anderes hinter.

Die hätten doch jedes Boot nehmen können. Aber sie entschieden sich für das des Chemiebosses. Warum, frage ich mich schon die ganze Zeit. Warum?"

„Du meinst doch nicht etwa, der hing ebenfalls in der Sache mit drin und war im Begriff alles auszuplaudern?", hakte Olsen nach.

„Keine Ahnung? Die Idee ist aber nicht so abwegig.

Vielleicht haben die sich gar nicht um das Boot gestritten, sondern um eine andere Sache", grübelte Petersen.

„Woran denkst du dabei?", warf Kathrin ebenfalls ein.

„Wie schon gesagt, es ist wichtig, herauszubekommen, was dein Vater erforscht. Das ist der Schlüssel zu allem, davon bin ich jetzt mehr denn je überzeugt."

Die Nacht im Krankenhaus gestaltete sich für Kathrins Vater unvergesslich. Kurz nach Schichtwechsel tauchten zwei fragwürdige Gestalten an seinem Krankenbett auf, eine weibliche und eine männliche.

Es waren Hannah und ihr Freund.

Bis dahin blieb die Suche nach der Formel, die Robert entwickelt hatte und die das Leben der gesamten Menschheit verändern sollte, vergeblich.

Sie hatten zwar allerlei Aufzeichnungen gefunden, aber entscheidend war die Formel. Wenn man sie nicht kannte, war alles zwecklos.

Da sie an den infrage kommenden Plätzen schon erfolglos nach ihr gesucht hatten, wollten sie nun aus Robert herausbekommen, wo er sie versteckt hielt, notfalls mit Gewalt.

Sie schlichen durch den nicht verschlossenen Hintereingang in die Klinik und kamen unbemerkt bis zur Intensivstation, wo Robert in einem separaten Zimmer lag.

Aus einem der im Flur abgestellten Kleiderwagen, in dem benutzte OP-Kleidung lag, entnahmen sie jeder einen der Ärztekittel und einen Mundschutz und streiften sie über.

Die in einem Glaskasten sitzende Nachtschwester wurde für einige Augenblicke zu einem anderen Patienten gerufen. So hatte Hannah die Gelegenheit, in den ausliegenden Patientenakten nach der Zimmernummer von Robert zu suchen. Sie benötigte nicht lange dafür, Raum 321.

Beide liefen zielstrebig den Flur entlang und verschwanden in Roberts Zimmer.

Er war an verschiedene Geräte angeschlossen, die seine Atmung und Herztätigkeit rund um die Uhr überwachten.

Da seine Lunge durch den Unfall beachtlich angegriffen war, wurde seine Atmung durch ein Beatmungsgerät unterstützt.

Es entstand der Eindruck, dass er nur mit den Schläuchen, die sich über das gesamte Bett verteilten, lebensfähig wäre.

Robert schien zu schlafen.

„Mach schon, frag ihn endlich, wo er die Formel versteckt hat", zischte Hannah ihren Begleiter an.

„Ich denke, es ist besser, wenn du das erledigst. Du bist seine Ehefrau. Er weiß nicht, dass du hinter dem Anschlag auf sein Leben steckst", gab dieser genauso barsch zurück.

Hannah schlich näher an Robert heran, tätschelte seine Wange und beugte sich dann über ihn, um ihm etwas ins Ohr zu flüstern.

„Robert. Liebster. Aufwachen. Ich bin es, Hannah. Hörst du mich?"

Von ihm kam keine Reaktion. Sie unternahm einen zweiten Versuch und wieder regte er sich nicht.

Abrupt wandte sie sich von ihm ab.

„Verdammt. Es hat keinen Zweck, er schläft fest. Keine Ahnung, was die ihm gegeben haben. Es wäre eh besser, wenn er abnibbeln würde. In letzter Zeit hat er mich nur gelangweilt."

„Bist du vollkommen durchgedreht? Wir brauchen ihn wegen der Formel. Wir werden doch nicht so kurz vor dem Ziel aufgeben. Versuch es noch einmal. Sprich lauter", drängte er sie.

„Wenn wir die Formel haben, dann mach mit ihm, was du willst."

Von draußen vernahmen sie Geräusche, die immer lauter wurden.

Sie versteckten sich im Bad, da öffnete sich schon die Türe.

Die Nachtschwester trat ein, um nach dem Rechten zu schauen.

Sie kontrollierte alle Werte und war im Begriff, das Zimmer zu verlassen, da nieste Hannah. Sofort eilte die Schwester ins Bad und entdeckte die beiden.

Sie konnte nur sagen: „Was machen Sie", da umfassten zwei dicke Männerhände ihren schlanken zarten Schwanenhals und brachen ihr das Genick.

„War das nötig? Hätte es nicht genügt, sie durch einen Schlag k.o. zu setzen?", raunte Hannah ihn an.

„Hab dich nicht so, eine Leiche mehr oder weniger. Bei den anderen hat es dir doch nichts ausgemacht. Sieh lieber zu, dass du endlich das Versteck, besser gleich die Formel von ihm rausbekommst.

Beeil dich. Irgendwann vermissen sie die Nachtschwester."

Abermals lief Hannah zum Bett und fragte Robert.

Dieses Mal etwas lauter. Er öffnete seine Augen, nahm jedoch alles um ihn herum verschwommen wahr.

Nur langsam erkannte er Hannah und er überlegte, ob das ein Anlass zur Freude war oder nicht.

Ihr Lächeln kam ihm jetzt falsch vor, und stand da nicht jemand eng neben ihr?

Kannte er diesen Mann?

Tief in seinem Unterbewusstsein sträubte sich alles gegen Hannah.

Was hatte sie ihn gefragt?

Er überlegte.

Die Formel. Sie will die Formel. Sie wollte niemals etwas anderes. Wie gut, dass ich sie schon vor der Abreise versteckt habe, schoss es ihm durch den Kopf und gleichzeitig drückte er die Alarmglocke, die die Schwester ihm in die Hand gelegt hatte. Ein summendes Geräusch ertönte.

„Scheiße. Er hat die Klingel gedrückt."

Der Mann geriet außer sich.

„Warum hast du nicht aufgepasst. Weg hier. Schnell."

„Ich habe vorher etwas zu erledigen. Und es ist mir eine Freude, diesen Auftrag auszuführen."

Hannahs Stimme klang wie besessen, während sie das Beatmungsgerät ausschaltete.

„Gute Nacht, mein Schatz. Angenehme Träume. Auf Nimmerwiedersehen."

Fluchtartig verließen sie den Raum. Robert lag reglos im Bett, er bemerkte, wie er immer schwieriger Luft bekam und schloss innerlich mit seinem Leben ab.

Plötzlich ging die Tür auf und ein Arzt kümmerte sich um das Beatmungsgerät. Langsam wurde Robert Leben eingehaucht.

Ein zweiter Mediziner eilte hinzu.

„Wie geht es ihm?"

„Es war mir möglich, das Gerät in allerletzte Sekunde wieder anzustellen. Später hätten wir nichts mehr ausrichten können."

„Ich verstehe nicht, dass dies von der Nachtschwester unbemerkt blieb. Die Geräte im Kontrollzimmer haben eindeutig einen Ausfall des Beatmungsgerätes angezeigt. Wo steckt sie überhaupt?"

Der andere Arzt zuckte mit den Schultern.

„Keine Ahnung. Ich habe sie heute noch nicht zu Gesicht bekommen."

Hannah hatte vergessen, die Badezimmertüre gänzlich zu schließen, so dass durch einen Spalt Licht fiel.

„Im Bad brennt Licht. Ob sie da drin ist?"

„Warten Sie. Ich sehe mal nach."

Er öffnete die Tür und erschrak.

Die Nachtschwester saß zusammengekauert auf der Toilette, wo Hannahs Begleiter sie abgesetzt hatte.

Der Arzt stellte ihren Tod fest und verließ das Bad wieder.

„Wir müssen die Polizei benachrichtigen. Jemand hat sie ermordet und hier im Bad abgelegt."

„Was?"

Der zweite Arzt lief ebenfalls ins Bad, um sich mit eigenen Augen davon zu überzeugen.

„Ich fasse es nicht. Das war bestimmt dieselbe Person, die bei Herrn Bremeke das Beatmungsgerät ausgestellt hat. Bitte rufen Sie bei der Polizei an. Ich sorge in der Zwischenzeit dafür, dass niemand diesen Raum betritt."

Erneut rief Petersen anderntags in aller Frühe im Krankenhaus an, um sich nach Robert zu erkundigen.

Der Pfleger am anderen Ende der Leitung druckste herum. Er dürfe keine Auskunft erteilen.

„Dann verbinden sie mich bitte mit jemandem, der berechtigt ist, mir Informationen zu geben", forderte Petersen ihn auf und wurde daraufhin mit einem der Ärzte verbunden, die Robert in der Nacht zur Hilfe gekommen waren.

„Was ist mit Herrn Bremeke? Warum sagte ihr Pfleger nichts?", bollerte Petersen direkt los.

„Es hat sich heute Nacht ein Zwischenfall ereignet, der uns alle tief betroffen macht. Hören Sie, am Telefon möchte ich diese Angelegenheit nicht mit Ihnen besprechen. Eigentlich ist es für einen Besuch noch zu früh."

Er machte eine Pause.

„Aber ich denke, angesichts der Ereignisse die sich in der Nacht zugetragen haben, gestatten wir eine Ausnahme. Ich erwarte Sie in drei Stunden. Ist Ihnen das Recht?"

„Das lässt sich einrichten. Dürfen seine Kinder ihn denn sehen?"

„Bringen Sie die Kinder mit. Erklären Sie ihnen aber bitte vorher, dass der Anblick ihres Vaters sie eventuell erschrecken könne. Wenn sie nie auf einer Intensivstation gewesen sind, wird ihnen die fremde Umgebung und die vielen Geräte, die um das Patientenbett aufgebaut sind, verwirrend erscheinen."

„Ich bereite sie auf den Besuch vor. Danke für den Hinweis.

Bis gleich Herr Doktor."

Kathrin hatte mitbekommen, dass Petersen mit der Klinik telefonierte und sie erkundigte sich sofort, ob sie und Oliver endlich zu ihrem Vater gelassen würden.

„Der Arzt hat uns grünes Licht gegeben. Hol deinen Bruder.

Wir nehmen die nächste Fähre."

Den Weg zum Hafen verbrachten alle drei schweigend.

Irgendwie erahnten sie, dass erneut etwas Grausames vorgefallen war.

Aber, Robert lebte, sonst dürften sie ja nicht zu ihm.

Auf dem Schiff ließen sie sich an Deck von der Sonne bescheinen. Zögerlich begann Petersen, ihnen zu erklären, dass eine Intensivstation keine normale Krankenstation sei. Ihnen könne dort Vieles Angst einflößen.

„Es wird schon nicht so dramatisch sein", wehrte Oliver ab, obwohl er sich da gar nicht so sicher war. Aber sollte er vor seiner kleinen Schwester zugeben, dass ihm etwas unwohl war, bei dem Gedanken, seinen Vater an diversen Schläuchen hängen zu sehen?

„Genau Oliver, wir kriegen das schon hin", unterstützte Kathrin ihn und freute sich insgeheim, Opa Petersen dabei zu haben.

Im Krankenhaus erkundigten sie sich an der Rezeption, auf welchem Zimmer ihr Vater lag. Der Pförtner bedeutete ihnen, auf den Sesseln im Vorraum Platz zu nehmen, bis jemand käme, der sie zu Robert bringen würde.

Während der Pförtner ihre Ankunft bei dem zu behandelnden Arzt ankündigte, setzten sich Oliver und Petersen in die Sessel. Kathrin betrachtete lieber die Bilder an der Wand, Aquarelle, die die nähere Umgebung darstellten.

Es dauerte nicht lange und der Mediziner, ein Dr. Wolfram Sommer, führte sie zu Robert. Die Geschwister liefen hinter den beiden Männern her. Der Arzt erzählte Petersen von den Vorfällen der vergangenen Nacht. Die Kinder bekamen nichts davon mit. Gemeinsam betraten sie Roberts Zimmer. Oliver und Kathrin schluckten erst einmal. So hatten sie es sich nicht vor-gestellt.

Dr. Sommer bemerkte ihre Beklemmung und bot sich an, die Apparaturen zu erklären.

„Was zeigen denn die Monitore an?", fragte Kathrin.

Der Arzt erläuterte ihr die Geräte leicht verständlich und nicht in Fachchinesisch.

„Das ist unterschiedlich. So dienen beispielsweise die im Brustbereich aufgeklebten Elektroden der Beobachtung der Herztätigkeit. Andere Messfühler erfassen den Sauerstoffgehalt im Blut und den Pulsschlag.

Die gemessenen Werte werden in Form von Kurven und Zahlen auf den dazugehörigen Bildschirmen abgelesen."

Kathrin hörte erwartungsvoll zu.

„Aha, und was ist das?". Sie zeigte auf einen Katheder.

„Dieser dünne Plastikschlauch ist ein Venenkatheter.

Er ist in ein Blutgefäß eingelegt und an ihn sind Infusionsflaschen und Medikamentenpumpen angeschlossen.

So bekommt dein Vater die notwendige Zufuhr von Medikamenten, Flüssigkeiten und Nährstoffen, die er benötigt, um wieder gesund zu werden."

„Ist das da auch ein Katheter?" Kathrin zeigte auf einen Schlauch, der sich fast unter dem Bett befand.

„Genau. Das ist ein Blasenkatheter, mit dem der Urin deines Vaters abgeleitet wird."

„Tut das denn nicht weh?"

„Er fühlt davon nichts, glaub mir."

„Darf ich mal zu Papa", fragte Kathrin mit Tränen in den Augen, denn so interessant der Vortrag des Doktors war, sie wollte ihren Vater endlich einmal berühren.

„Natürlich, geh nur zu ihm hin.

Du kannst mit ihm sprechen. Er wird zwar nicht antworten, da er den Beatmungsschlauch im Mund hat, aber er versteht jedes Wort, dass du zu ihm sagst."

Langsam bewegte sich Kathrin auf das Bett zu.

„Wie hilflos Papa aussieht", dachte sie.

„Wie ein kleines Baby, das auf die Fürsorge der Familie angewiesen ist. Ich sorge dafür, dass er schnell wieder gesund wird."

„Hallo Papa", piepste sie vor ihm stehend.

Robert öffnete die Augen und ein Lächeln huschte über sein Gesicht, als er seine Tochter und hinter ihr seinen Sohn erkannte. Kathrin ergriff seine Hand, die er so fest drückte, wie es ihm nur möglich war.

„Oliver, Herr Petersen und ich sind hier. Wir wollten schon eher kommen, durften aber nicht. Ich habe dich so lieb, Papa."

Sie kam mit ihrem Gesicht nah an das ihres Vaters heran und gab ihm einen dicken Kuss auf seine Stirn.

„Lass mich auch mal zu ihm", forderte Oliver sie auf und schob sie sanft zur Seite.

„Werde bloß schnell wieder gesund, hörst du?", bat er ihn.
Robert nickte.

„Die Petersens sind so nett und kümmern sich um uns.
Du brauchst dir keine Sorgen zu machen."

Wieder nickte Robert.

„So, das war genug Anstrengung und Aufregung", meldete
sich der Arzt und nahm die Geschwister beiseite.

„Also, kommt mal mit. Herr Petersen hat etwas mit eurem
Vater zu besprechen. Dabei stören wir nur."

„Besprechen ist gut", lächelte Kathrin in sich gekehrt.

„Gerade hat uns der Doktor doch erklärt, dass Papa gar
nicht in der Lage ist zu sprechen, mit seinem
Beatmungsschlauch im Mund."

Der Arzt lief mit ihnen ins Schwesternzimmer und bat eine
der dort anwesenden Krankenschwestern, mit den
Kindern in die Kantine zu gehen, um etwas zu essen.

Zum Abschluss versprach er ihnen ein Eis. Als er außer
Hörweite war, platzte es aus Oliver heraus.

„Der denkt wohl wir sind noch im Kindergarten. Ein Eis
zum Schluss."

„Er hat es nur nett gemeint, und von Opa Petersen hast
du auch ein Eis angenommen", beruhigte ihn Kathrin und
sie trotteten hinter der Krankenschwester her.

Petersen wollte Herrn Bremeke fragen, ob er sich vorstellen könne, nach was Hannah und ihr Komplize
suchen, aber Robert war zu schwach und schon wieder
eingeschlafen.

Es war ein zufriedener Schlaf, denn er wusste seine Kinder
in Sicherheit.

Petersen war ebenfalls gelassen. Wenn Robert ihm noch
nicht verriet, hinter was die beiden her waren, so erfuhren
die BKA-Leute es auch nicht.

Er verließ das Zimmer und wandte sich nochmals an den Doktor.

„Erklären Sie mir bitte, wie es zu diesem Tauchunfall gekommen ist? Die Polizei hielt sich leider ziemlich bedeckt. Aber ich bin der Meinung, Herr Bremeke und seine Kinder haben einen Anspruch, zu erfahren, wie es geschehen ist."

„Tauchunfälle beruhen im Wesentlichen auf der Veränderung des auf den menschlichen Organismus einwirkenden Umgebungsdruckes.

Der Mensch ist an eine Luftatmosphäre mit einem absoluten Umgebungsdruck von etwa 1 bar adaptiert.

Beim Tauchen kommt es dagegen zu einer unphysiologischen Überdruckexposition, wodurch unter bestimmten Voraussetzungen gesundheitliche Schäden für den Organismus, bis hin zum lebensbedrohlichen Notfall, wie es bei Herrn Bremeke leider ist, auftreten.

Es kam bei ihm in der Auftauchphase zu einem zu schnellen Wechsel von einem höheren zu einem niedrigeren Umgebungsdruck."

„Haben Sie eine plausible Erklärung für sein zu schnelles Auftauchen?"

„Uns fehlt ein sogenanntes Tauchprotokoll.

Dessen Erstellung ist erst möglich, wenn der Patient uns einige Fragen beantwortet.

Der Computer speichert die Tauchtiefe und die Tauchzeit, das heißt, die Tauchgangsdaten werden registriert und das Austauschprofil berechnet.

So lässt dies einige Rückschlüsse auf den Tauchgang zu. Aber erst durch die Befragung von Herrn Bremeke haben wir absolute Gewissheit, wie es zu dem Unfall kam."

„Die Polizei hat auf jeden Fall das Tauchgerät mitgenommen und die Gasflaschen."

„Dann wird sie hoffentlich feststellen, ob das Atemgas mit Kohlenmonoxid oder Kohlendioxid verunreinigt wurde. Das ist nämlich nach den Befunden, die wir diagnostiziert haben, die Ursache für die Atembeschwerden von Herrn Bremeke."

„Sie meinen, jemand hat das Atemgas verunreinigt?"

„Genau das. Ich kenne die Firma, die das Gas abfüllt. Ich bin selber leidenschaftlicher Taucher und überlasse in dieser Hinsicht nichts dem Zufall. Die Firma hat mein absolutes Vertrauen. Da hat jemand nachgeholfen."

„Wird er bleibende Schäden davontragen?"

„Aufgrund seiner gesundheitlichen Verfassung war es unmöglich, alle notwendigen Untersuchungen durchzuführen. Ich hoffe nicht, dass das zentrale Nervensystem beschädigt wurde. Er hatte Glück, unter Wasser nicht bewusstlos zu werden. Das hätte zum Ertrinkungstod geführt."

„Sie haben die Polizei verständigt über die Vorfälle der letzten Nacht?"

„Ja, umgehend."

„Was hat sie für eine Meinung dazu?"

„Das ist unmöglich einzuschätzen. Es kam ja nicht die ortsansässige Polizei. Als ich am Telefon den Namen Robert Bremeke erwähnte, stockte der Beamte zuerst ein wenig. Er schien mir auf einmal aus einem nicht nachvollziehbaren Grund nervös. Er erklärte mir nur, das nicht die ansässige Ortspolizei für diesen Fall zuständig sei, sondern dass er alles weiterleite und sich das BKA so schnell wie möglich darum kümmern würde."

„Dann kamen drei äußerst unsympathische Herrschaften in ihre Klinik marschiert und veranstalteten einen unheimlichen Wirbel, stimmt's?", informierte sich Petersen.

„Woher wissen sie das?", erkundigte sich der Arzt.

„Ich hatte schon das Vergnügen, nachdem meine Tochter das Opfer von dem Verbrecherpärchen wurde."

„Verstehe."

„Hatten sie den Eindruck, dass die BKA-Männer etwas windige Typen sind?", hakte Petersen nach.

„Ganz sauber kamen die mir nicht vor. Aber, sie wurden uns vom Polizeirevier angekündigt und das muss doch seine Richtigkeit haben."

„Wenn das so ist, frage ich mich, wo denn der Personenschutz für Herrn Bremeke bleibt. Schließlich war das schon der zweite Mordanschlag auf ihn. Ich habe vorhin keinen Polizeibeamten vor seiner Zimmertür gesehen."

„Den gab es auch nicht nach dem ersten Mordversuch an ihm. Da bin ich sicher", sagte Dr. Sommer.

„Wenn man davon ausgeht, dass Hannah, samt ihres Komplizen, nicht am Ziel ist, könnte es theoretisch einen weiteren Anschlag geben", überlegte Petersen laut.

„Sie haben Recht. Irgendetwas stimmt da nicht. Ich werde nochmals bei der Polizei anrufen und nach einem Personenschutz für Herrn Bremeke verlangen.

Das Krankenhaus kann es sich nicht leisten, einen weiteren Mitarbeiter zu verlieren. Wir sind bereits am Limit mit dem Personal."

„Darf ich sie um einen Gefallen bitten?"

„Jederzeit."

„Informieren sie mich, wenn es etwas Neues gibt?

Jede gering erscheinende Veränderung erscheint mir wichtig. Ich möchte auf dem Laufendem bleiben."

„Ich melde mich auf jeden Fall bei ihnen, wenn es Neuigkeiten gibt", versprach Dr. Sommer.

Sie verabschiedeten sich und Petersen sammelte die Geschwister in der Kantine auf.

„Wann kommen wir wieder hierher", erkundigte sich das Mädchen sofort.

„Ihr habt euren Vater wenigstens schon kurz gesehen.

Lasst ihm ein bisschen Zeit, um gesund zu werden.

Drei bis vier Tage gönnen wir ihm, bevor wir ihn besuchen."

Oliver wurde ernst.

„Opa Petersen, bitte sag uns klipp und klar, wie es um unseren Vater steht."

„Die komplizierten Ausdrücke des Arztes habe ich nicht behalten. Aber: Es war ein schwerer Tauchunfall und euer Vater ist ein Glückspilz.

Seine Auftauchgeschwindigkeit war zu schnell.

Warum, finden die Polizeibeamten heraus. Die Ärzte sind sich einig, dass er wieder gesund wird", versuchte er die beiden zu beruhigen.

„Wann wird er denn entlassen?", hakte Kathrin nach.

Das dauert einige Zeit. Aber, das ist nicht so dramatisch.

Bis die Ferien vorbei sind, ist euer Vater wieder gesund."

Kapitel 6

Petersen sah auf seine Uhr.

„Bis zur nächsten Fähre haben wir drei Stunden. Habt ihr Lust auf eine Stadtführung?"

„Was gibt es denn hier Großartiges zu bestaunen?" fragte Oliver gelangweilt. Da er nicht bei seinem Vater sein konnte, zog es ihn zu Myriam.

„Lasst mich überlegen. Da wäre das Schifffahrtsmuseum, das liegt direkt am Meer. In ihm sind alle Arten von Schiffen und Booten vertreten. Es gibt sogar ein Kriegsschiff zur Besichtigung. Dann ist in dieser Woche ein Rummelplatz aufgebaut, die Sommerkirmes.

Jedes Jahr entdeckt man dort neue Attraktionen.

Oder wir besuchen den Zoo mit seinen riesigen Aquarien und der Delphinschau."

„Schaffen wir es, in den drei Stunden alle vorgeschlagenen Sachen zu besichtigen?", erkundigte sich Kathrin schelmisch.

„Das ist eher unwahrscheinlich. Ihr müsst euch schon entscheiden."

„Keine leichte Aufgabe. Wie ich meine Schwester kenne, entscheidet sie sich für den Zoo. Sie liebt Tiere über alles. Mich zieht es eher zu den Schiffen", gab Oliver zu.

„Dann nehmen wir als Kompromiss den dritten Vorschlag und schlendern über den Jahrmarkt", schlug Kathrin vor.

„Das ist ein faires Angebot. Einverstanden".

Oliver nickte, um das Gesagte nochmals zu unterstreichen.

„Ist das weit von hier?", schickte er schnell hinterher.

„Nur ein paar Straßenzüge entfernt. Wir kommen zu Fuß dorthin", erklärte Petersen.

Kaum zehn Minuten später hatten sie ihr Ziel erreicht und standen in einem Getümmel aus Menschen und schrillen Attraktionen.

Der Rummel war riesig und laut.

„Ich entscheide mich für die Geisterbahn, das Riesenrad und das Kettenkarussell", teilte Kathrin mit.

„Das ist mal wieder typisch für dich", neckte Oliver sie.

„Der Spuktempel ist doch was für kleine Kinder. Lass uns lieber auf die gigantische Achterbahn."

Er zeigte auf ein stählernes Ungetüm, auf dem sich in offenen Waggons eine nicht auszumachende Anzahl kreischender Menschen aufhielt, die mit einer unglaublichen Geschwindigkeit durch die verschiedenen Loopings befördert wurden.

„Da wird mir vom Zusehen schon übel. Da bekommen mich keine zehn Pferde drauf."

Kathrin schüttelte demonstrativ den Kopf.

„Ja, wenn dich nicht mal Gäule da reinkriegen", erwiderte Oliver grinsend, „dann hat es keinen Sinn."

Petersen unterbreitete einen Vorschlag zur Güte.

„Kathrin und ich suchen zuerst die Geisterbahn auf und anschließend das Kettenkarussell. Ich schieß für sie einen Riesenbären am Schießstand. Wir treffen uns in einer Stunde beim Riesenrad. Hier hast du etwas Geld."

Er drückte Oliver einen Geldschein in die Hand.

„Mach mit ihm, was du willst. Hauptsache, du bist pünktlich am Riesenrad. Einverstanden?"

Oliver starrte erstaunt auf den Geldbetrag.

„Das ist doch viel zu viel. Das nehme ich nicht an."

Er war im Begriff, den Geldschein zurückzugeben.

Dieser wehrte ab, schnappte sich Kathrin und winkte dem Jugendlichen im Davongehen zu.

„In einer Stunde am Riesenrad", sagte er beim Entfernen.

„O.K.", rief Oliver den Davoneilenden hinterher.

Über die verschiedenen Lautsprecher der Fahrgeschäfte vernahm man immer wieder dieselben Sätze:

„Jetzt erneut dabei sein, Fahrchips lösen, mitmachen und einsteigen, zusteigen, die Reise beginnt."

Die Stunde verging rasend schnell, denn alle amüsierten sich prächtig.

Kathrin und Petersen nahmen die ‚gemütlichen' Attraktionen mit. Er schoss einen Riesenbär für sie, der pinkfarben und fast so groß wie das Mädchen war.

Am meisten Spaß hatte Kathrin im 3-D-Kino, in dem ein Film über das Fliegen gezeigt wurde und sie den Eindruck hatte, selber am Steuerknüppel zu sitzen und eine Boeing zu steuern.

Oliver konnte es nicht turbulent genug zugehen.

Wo immer er die Gelegenheit bekam, sich zu überschlagen, in einen Geschwindigkeitsrausch zu verfallen oder wie irrsinnig auf und ab zu hüpfen, war er dabei.

Wobei sein absoluter Favorit der etwas andere Loopingspaß mit der Bezeichnung ‚Adrenalin pur' war.

Es handelte sich dabei um drei Arme, an denen jeweils eine frei schwingende Gondel für je vier Personen angebracht war, die an einem sich drehenden Hauptarm Loopingfahrten bis zu 40 Metern Höhe vollzogen.

Verstärkt wurde der ‚Thrill' durch die zusätzlichen exzentrischen Bewegungen des Hauptarmes.

An ihm waren an einem Ende die drehenden ‚Flügel' befestigt. Dadurch bekamen die Passagiere eine temporeiche Fahrt von bis zu 100 km/h geboten.

Trotzdem erschien er, wie abgemacht, am vereinbarten Standort, wo die beiden anderen schon auf ihn warteten. Sofort gab er einen Kommentar zu dem Riesenbär ab.

„Der ist fast so groß wie du. Übernimm dich nicht mit ihm."

„Keine Sorge", entgegnete seine Schwester nur.

„Na, was ist. Kaufen wir Tickets für das Riesenrad? Von dort oben ist der Blick über die Stadt überwältigend", verkündete Petersen.

Kathrin bekam sofort bessere Laune.

„Oh ja. Das wäre super."

Sie balancierte ihren gewonnenen Teddy auf ihren Füßen und wagte sogar, aus lauter Begeisterung, ein Tänzchen mit ihm.

Sie stellten sich in die lange Schlange an der Kasse. Kathrin drückte ihren Bären fest an sich, damit er von den anderen Leuten nicht beschädigt wurde.

Sie blickte sich um und erschrak.

Mit zitternder Stimme wandte sie sich an Petersen.

„Sind das da oben Hannah und ihr Komplize?"

Sie sah hoch zum Riesenrad und er folgte ihrem Blick.

„Tatsächlich. Und es ist ein weiterer Mann bei ihnen. Mist, ich kenne ihn nicht", fluchte Petersen.

„Der Kerl kommt mir aber bekannt vor", sagte Oliver.

„Wenn mich nicht alles täuscht, haben wir ihn schon auf dem Bauernhof gesehen. Es ist der BKA-Chef, Joachim Schneider."

Sie hatten sich schon fast bis zur Kasse vorgearbeitet, da befahl Petersen.

„Kommt, das Riesenrad vergessen wir. Ich muss telefonieren und wenn die drei aus ihrer Kabine rauskommen, werden wir sie so unauffällig wie möglich beobachten."

„Du meinst wie richtige Detektive?", fragte Kathrin aufgeregt.

„Genauso", bestätigte er.

„Es schadet nicht, wenn wir uns einen Plan zurechtlegen, falls sie sich aufteilen? Was machen wir dann? Wem folgen wir?"

Olivers Anspannung wurde ebenfalls immer größer.

Petersen versuchte, beide zu beruhigen.

„Wichtig ist, dass wir wissen, wo Hannah und ihr Freund hingehen. Möglicherweise versuchen sie ein weiteres Mal, eurem Vater zu schaden. Ich rufe jetzt Klaasen an und teile ihm mit, dass der Mann vom BKA kein faires Spiel betreibt. Während ich telefoniere, beobachtet ihr, was die drei vorhaben. Lasst sie nicht aus den Augen."

Petersen rief die Nummer auf. Oliver und Kathrin versteckten sich hinter einem Transporter, der zu einem Fahrgeschäft gehörte. Von da aus hatten sie einen hervorragenden Blick auf die Riesenradkabine.

Zur zusätzlichen Tarnung hielt Kathrin ihren Teddy so vor ihrem Körper, dass er sie fast verdeckte.

Die Telefonleitung war besetzt, er tippte abermals, jedoch dauerte es eine ganze Weile, bis endlich der Hörer abgenommen wurde.

Der Polizeichef meldete sich und hörte den Ausführungen Petersens aufmerksam zu.

Nachdem dieser seine Beobachtungen mitgeteilt hatte, sprudelte es aus Klaasen nur so heraus.

„Siehst du Peter, ich wusste doch, dass mit den Typen was nicht stimmt. Mein Näschen hat mich auch dieses Mal nicht im Stich gelassen.

Ich nehme Verbindung mit dem Festland auf und erkläre denen alles. Versprich mir eins, halt dich aus dem Fall raus.

Komm bloß nicht auf die Idee, mit den Kindern die Gangster zu verfolgen. Das ist Sache der Polizei.

Ich lege auf und erzähle den Kollegen aus der Stadt alles. Ich schätze, dass sie in zehn Minuten auf dem Jahrmarkt sind. Tschüss und halt dich da raus!"

Klaasen hatte aufgelegt, ohne Petersen nochmals zu Wort kommen zu lassen.

Das Riesenrad stoppte und nach und nach stiegen die alten Passagiere aus und machten Platz für die neuen.

„Jetzt wird es ernst. Haltet euch immer in meiner Nähe auf", ordnete Petersen an.

„Was ist, wenn sie ein Auto nehmen oder den Bus, oder die Bahn?", grübelte Oliver.

Der Pferdewirt hatte von dessen Fragerei genug und verdrehte die Augen.

„Das sehen wir dann, wenn klar ist, was sie vorhaben."

Die drei Verfolgten blieben auf dem Rummel weiterhin zusammen. Kaum hatten sie jedoch den Platz verlassen, trennten sich ihre Wege, Schneider lief auf eine Bahnstation zu, Hannah und ihr Komplize steuerten zielstrebig auf eine Reihe parkender Taxen zu.

„Und nun?", fragte Oliver mit erstauntem Blick.

„Jetzt setzten wir uns alle in das Taxi dahinter", entschied Petersen.

„Hoffentlich haben sie uns nicht erkannt", schickte er hinterher.

Das Taxi fuhr ab und die drei Verfolger sprangen wie auf Kommando in das nächste ein.

Petersen vorne, die Kinder und der Bär hinten.

Er ließ dem Fahrer keine Gelegenheit zu fragen, wohin er sie chauffieren soll. Sofort beim Einsteigen teilte er ihm mit, er möge das Taxi vor ihm verfolgen.

Der Fahrer schüttelte den Kopf, sah zu Petersen, dann zu den Kindern, dem Bär und schüttelte wieder sein Haupt.

„Nun machen Sie schon endlich. Worauf warten Sie denn? Wir verpassen die sonst!", brüllte der Bauer ihn an.

Der Fahrer startete den Motor und fragte gleichzeitig: „Sie wollen eine Verfolgungsjagd durch die Stadt? Sind Sie sicher?"

Petersen war total entnervt.

„Hören Sie, wenn Sie endlich losfahren und wir die beiden im vorigen Taxi wieder einholen, verspreche ich ihnen ein fürstliches Trinkgeld."

Der Fahrer winkte ab und fuhr schließlich los und zwar mit einem Affenzahn, so dass er seinen Kollegen bald eingeholt hatte.

„Das will ich überhaupt nicht. Ich habe mein ganzes Arbeitsleben darauf gewartet, dass mal jemand in dieses Taxi steigt und sagt: ‚Verfolgen Sie das Auto vor uns'.

Zwei Kinder und ein alternder Mann sind zwar nicht das, was mir in meinen Vorstellungen vorschwebte, aber immerhin jagen wir den Wagen vor uns."

Der Taxifahrer fuhr ziemlich dicht auf. Er nahm seinen Auftrag außerordentlich ernst. Nach Petersens Auffassung schon fast zu ernst.

„Ich habe nicht gesagt, rammen sie den Wagen", schnauzte er den Fahrer an.

„Sie sollen ihm unauffällig verfolgen."

Endlich hatte er verstanden, worauf es Petersen ankam.

Sie fuhren einmal quer durch die Stadt Richtung Meer.

„Ich denke, dass sie beabsichtigen, auf die Yacht zurückzukehren", meldete sich Kathrin zu Wort.

„Ja, vielleicht", murmelte Petersen.

Doch mit einem Mal änderte das Taxi vor ihnen abrupt die Fahrtrichtung und fuhr wieder stadteinwärts.

„Sie haben uns bemerkt", gab der Fahrer kleinlaut von sich.

„Das haben wir dann wohl Ihren hervorragenden Fahrkünsten zu verdanken", erwiderte Petersen verärgert.

„Es hat keinen Zweck mehr, weiter hinter ihnen her zu fahren. Setzten Sie uns dort ab, wo wir zugestiegen sind."

Nicht annähernd drei Minuten später hielten sie an ihrem Einstiegspunkt. Petersen bezahlte die Fahrt, ohne ein Trinkgeld zu geben, und sie stiegen aus.

In der Ferne sahen sie mehrere Streifenwagen vor dem Kirmesplatz stehen.

„Laufen wir zu den Polizisten und erzählen ihnen, was wir beobachtet haben?"

Kathrin blinzelte Petersen fragend an.

„Mir ist nicht danach zumute, den Beamten nun Frage und Antwort zu stehen", gab dieser von sich.

Er sah auf seine Uhr.

„In einer halben Stunde legt die Fähre ab. Ich schlage vor, wir schlendern gemächlich zum Hafen. Es reicht, wenn ich gleich die Fragen von Klaasen beantworte, denn der steht bestimmt schon an der Hafenmauer, sobald er die Fähre von weitem eintrudeln sieht."

„Bedeutet das, wir müssen erneut mit aufs Revier?"

Oliver erahnte nichts Gutes. Das würde auch heißen, er könne seine Verabredung mit Myriam nicht einhalten.

„Keine Angst, ich übernehme das alleine. Ihr macht euch ein paar nette Stunden, und zwar ohne Hektik.

Er schaute Oliver an.

Wie ich dich kenne, hast du dich mit deiner Freundin verabredet."

Oliver grinste und nickte.

„Und du", nun sah er zu Kathrin herüber, „möchtest doch mit Lincoln einen kleinen Ausritt wagen?"

„Stimmt. Das wäre wunderbar. Aber, wie komme ich auf den Hof, wenn du zu Klaasen fährst?"

„Ich fahre dich vorher zurück. Reite bitte nicht allzu weit."

Er sah in den Himmel und hielt ihr einen Vortrag.

„Wenn ich mir das da oben so betrachte, dann gibt es heute durchaus einen heftigen Schauer. Der Wind bläst aus Südwesten. Das bedeutet, Schlechtwetter ist im Anzug.

Und das herannahende Tief bringt meistens einiges an Fronten mit sich, die von seiner Bachseite hinabbaumeln.

Zunächst stellt sich eine Warmfront ein, die oft mit leichtem Regen verbunden ist und alsbald kommt die Kaltfront mit Schauern und möglichen Gewittern.

Danach gibt es in der Regel einen jähen Sprung auf nördliche Winde mit der Tendenz zur Abkühlung und Wetterbesserung.

Dahinter schleicht sich schon, wenn alles moderat verläuft, Hochdruck heran, aber das ist nie so sicher.

Sobald du merkst, dass sich etwas zusammenbraut, kommst du mit Lincoln wieder zurück!", entschied er.

„Abgemacht", versprach Kathrin.

Die Überfahrt verlief rasend schnell.

Wie der Bauer vermutet hatte, stand Klaasen an der Hafenmauer und winkte ihnen zu, als die Fähre einlief.

Unmöglich, ihm zu entkommen.

„Wo seid ihr denn gewesen, als meine Kollegen auf dem Rummel eintrafen?"

Leicht beleidigt stellte er diese Frage.

Petersen zwinkerte Kathrin zu, dann sagte er zu Klaasen:

„Der Kleinen wurde unerwartet übel, so dass wir uns nach einem Toilettenwagen umsahen, wo sie, na du weißt schon was, ... Die gesamte Zuckerwatte und die Pommes mit der Currywurst sowie das riesige Softeis waren etwas viel für den kleinen Magen."

Kathrin spielte die Schummelei perfekt mit. Sie gab ihrem Bruder den Teddy, hielt sich wehleidig den Unterleib und hauchte mit leidender Stimme:

„Mein Bauch zwickt weiterhin. Ich glaube, ich brauche eine Wärmflasche.

Fahr mich bitte nach Hause Opa Petersen."

Klaasen hatte Mitleid.

„Ich denke, es genügt, wenn du zu mir aufs Revier kommst, nachdem du die beiden zu Hause abgeliefert hast."

Zu Kathrin gewandt sagte er aufrichtig:

„Gute Besserung, hoffentlich bist du bald wieder fit."

Dann verabschiedete er sich, stieg in seinen Wagen und fuhr davon. Das war das Aufbruchsignal für Oliver.

Er drückte Kathrin wieder ihren Bären in den Arm, klopfte ihr auf die Schulter und sagte:

„Mir war nicht bewusst, dass du so saumäßig lügen kannst", und verschwand.

Petersen fuhr das Mädchen zum Hof, setzte sie dort nur ab und brauste sofort weiter zu Klaasen.

Kathrin lief ins Ferienhaus und zog sich ihre Reitklamotten an.

Sie schaute kurz bei Dörte vorbei, die in der Küche vom Haupthaus am Tisch saß und Kirschen entsteinte, um anschließend Kirschmarmelade herzustellen. Als sie Kathrin sah, hellte sich ihr Gesicht merklich auf.

„Da seid ihr ja wieder."

„Irrtum, nur ich bin da. Oliver ist unterwegs zu Myriam und Opa Petersen ist schon zu Klaasen aufs Revier."

„Warum denn noch einmal?", fragte Dörte irritiert.

Aufgewühlt erzählte Kathrin, was sich auf dem Festland zugetragen hatte. Dabei vergaß sie einiges, so dass es für Dörte nicht leicht war, ihren Ausführungen zu folgen.

„Opa Petersen hat einen Bären für mich geschossen. Er liegt in meinem Zimmer. Du kannst ihn ruhig ansehen, wenn du möchtest. Wir haben Hannah und ihren Komplizen gesehen, als wir auf das Riesenrad wollten. Dann haben wir sie in einem Taxi verfolgt. Das war so spannend und aufregend. Aber sie haben uns abgehängt und Klaasen hatte seine Kollegen verständigt. Wir waren nicht da, als die kamen und jetzt muss sich Opa Petersen nochmals ausfragen lassen."

„Ich habe zwar nicht alles verstanden, aber den Rest erzählt mir mein Schwiegervater, sobald er von der Polizeistation zurückkommt."

Dörte merkte, wie ruhelos Kathrin innerlich war, auch wenn sie es sich nicht anmerken ließ.

„Wie steht es um deinen Vater?"

„Die Ärzte sagen, es geht ihm den Umständen entsprechend. Was immer das heißt. Wir dürfen erst in ein paar Tagen zu ihm, wenn er sich etwas erholt hat."

Kathrin wurde zusehends nervöser. Sie wollte unbedingt mit Lincoln ausreiten und hatte sich nicht auf eine Plauderstunde eingestellt. Dörte bemerkte ihre Unzufriedenheit.

„Ich halte dich auf mit meiner Fragerei. Na, lauf schon zu Lincoln! Ich verstehe das. Sei aber bitte vorsichtig. Der Wetterbericht hat Regen angekündigt."

Verlegen antwortete Kathrin mit einem „Danke. Ich reite nicht weit weg, versprochen", und lief aus der Tür.

Sie sattelte Lincoln, der sie schon tänzelnd in der Box erwartete, und beide ritten im Galopp ins offene Gelände.

Noch jemand setzte sich zur selben Zeit in Bewegung, es war Hannahs Komplize.

Er hatte von ihr den Auftrag bekommen, die Kleine einzufangen und zu ihr zu bringen.

Sie wollte über Kathrin an die Formel kommen.

Sozusagen das Mädchen gegen die Formel austauschen.

Hannah hatte im Krankenhaus angerufen und sich nach dem Gesundheitszustand von Robert erkundigt. Sie gab sich als dessen Schwester aus, die im Ausland wohne und jetzt von seinem Unfall gehört habe.

Ein Pfleger, der dummerweise den ersten Tag nach seinem Urlaub Dienst hatte und nicht in die vorgefallenen Ereignisse eingeweiht war, gab Hannah Auskunft.

Er erklärte ihr, dass Robert auf dem Weg der Besserung, dennoch schwächlich sei und keinen Besuch empfangen dürfe.

„Er hat diesen weiteren Anschlag überlebt", schoss es ihr durch den Kopf und sie überlegte abermals, wie sie an die Formel gelangen könne.

Das brachte sie auf den Plan, Kathrin zu entführen.

Denn, um seine Tochter wieder zu bekommen, würde er alles unternehmen, sogar sich von seiner Formel trennen.

Erst, wenn Robert ihr diese übergeben hätte, würde sie entscheiden, ob sie Kathrin am Leben ließe oder nicht.

Sie lehnte diese vorwitzige Göre von Anfang an ab und hatte immer den Eindruck, dass das Mädchen ihre Pläne durchschaute.

Kathrin erahnte von all dem nichts. Sie bemerkte nicht den Mann, der ihr folgte und nur den günstigsten Moment abwartete, um sie zu kidnappen.

An der Stelle auf dem Deich, von dem man den besten Blick rüber nach Amrum hat, blieb sie mit dem Pferd stehen, stieg ab und setzte sich auf eine in der Nähe stehende Bank.

Lincoln schickte sie zum Grasen. Sie schloss die Augen und überdachte die Vorfälle des Tages. Plötzlich hörte sie ein Rascheln. Ihre Augen öffneten sich und aus ihren Augenwinkeln sah sie, wie sich Hannahs Komplize aus dem Gebüsch heraus näherte.

Blitzartig stand sie auf und lief instinktiv zum Meer hinunter. In ihrer Panik rief sie Lincolns Namen und versteckte sich zuerst hinter einem Strandkorb.

Der Gangster kam immer näher und sie befürchtete schon, er würde sie in der nächsten Sekunde mit seinem mächtigen Pranken schnappen und wegtragen.

Doch unerwartet galoppierte Lincoln von der Seite auf sie zu, blieb kurz vor dem Strandkorb stehen, so dass sie aufsitzen konnte und beide ritten in das Watt.

Noch war Ebbe, doch Kathrin erkannte, dass das Wasser anfing, langsam zu steigen.

„Die Flut", murmelte sie und im selben Moment fing es an, zu regnen und zu donnern, der Himmel verdunkelte sich rasend schnell.

Sie drehte sich um und sah, dass der Blitz ausgerechnet in den Strandkorb einschlug, in dem sie vor ein paar Sekunden Zuflucht gesucht hatte.

Von dem Komplizen war zwar nichts mehr zu sehen, aber er hielt sich bestimmt nicht weit entfernt auf, so dass dies der einzige Weg war, um in Sicherheit zu gelangen.

Sie tätschelte Lincolns Hals und sprach sich um ihm Mut zu.

„Wir schaffen das, du wirst sehen, wir schaffen das."

Das Unwetter wurde immer bedrohlicher, das Wasser stieg und stieg.

Kathrin dachte an die Geschichten über das Watt, die ihr Opa Petersen erzählt hatte. In diesen Geschichten hatten die Menschen, die im Watt von schlechtem Wetter überrascht wurden, auch immer Pferde dabei, und die meisten Menschen überlebten, gerade weil die Rösser sie gerettet hatten.

Kathrin hielt sich krampfhaft an Lincoln fest, der zielstrebig auf eine Sandbank zusteuerte. Da kam ihr die hoffentlich rettende Idee. Sie ließ sich von ihm bis zur Sandbank bringen, sprang ab und schickte ihn mit einen Klaps auf seinen Po wieder zurück.

„Lauf in den Stall und hol Hilfe, Lincoln, lauf so schnell du kannst", rief sie ihm zu.

Als ob er verstehen würde, was sie meinte, drehte er sich um und galoppierte davon.

Kathrin stand mutterseelenallein auf der Sandbank.

Sie sah sich um, was ihr bei dem Regen schwer fiel.

Der Komplize war nicht mehr zu entdecken.

Lincoln preschte in die korrekte Richtung. Das Wasser stieg unaufhaltsam.

Sie inspizierte die Sandbank. Zu einer Seite kletterte der Meeresgrund hoch, während er in die Richtung, aus der sie mit Lincoln gekommen war, zu einem Seitenpriel des Fahrwassers abfiel.

Zuerst bemerkte sie nicht, dass sie sich durch den Absprung am Unterarm verletzt hatte.

Erst als schon einige dunkelrote Blutstropfen auf dem Sand sichtbar waren, fiel ihr ein langer, tiefer Kratzer auf.

Schmerz fühlte sie nicht. Mit der unverletzten Hand suchte sie die Hosentaschen nach einem Taschentuch ab. Endlich fand sie es und umwickelte notdürftig ihre Wunde.

„Das reicht fürs erste", sprach sie leise und sah abermals nach oben.

Das Wetter verschlechterte sich zunehmend.

Über ihren Kopf hinweg grollte der Himmel und die Blitze zuckten dermaßen, dass es für einige Augenblicke taghell wurde. Zwischen den Blitzen aber war es rabenschwarze Nacht.

Kathrin überlegte, dass das Wasser die Blitze magisch anzog.

Auf dieser Sandbank war es unmöglich, sich in Sicherheit zu bringen. Sie ging in die Hocke und hoffte, der Blitz würde nicht ein zweites Mal in ihrer Nähe einschlagen.

Was hatte Opa Petersen gesagt? Kathrin überlegte und es fiel ihr ein.

„Zwar sind die Gezeiten relativ moderat.

Der maximale Tidenhub zwischen niedrigstem und höchstem Wasser beträgt in Abhängigkeit von der Mondphase gerade mal 2.80 Meter.

Doch auch das bisschen reicht zum Ertrinken, wenn man im Watt von der Flut überrascht wird. Und wenn ein Sturm hinter die Gezeiten fasst, kommt es ohnehin zu höheren Wasserständen, dann ist ganz Nordfriesland in Not."

Inständig betete sie, das Pferd würde Petersen alarmieren und man rettete sie, bevor es zu spät wäre.

Lincoln kämpfte mit aller Kraft gegen das Unwetter an und lief, so schnell es ihm möglich war.

Auf dem Hof angekommen, trabte er nicht in seinen Stall, sondern postierte sich vor dem Haupthaus, wieherte laut und scharrte mit seinen Vorderhufen im Boden.

Familie Petersen sorgte sich um Kathrin und Lincoln.

Die Vorhersage im Radio versprach Übles.

Ein Sturm sei im Anmarsch mit Windstärken zwischen 8 und 9.

Das hieß, der Wind würde eine Geschwindigkeit von 62 bis 88 km/h erreichen und hohe rollende Wellenberge mit dichten Schaumstreifen in Windrichtung sowie beträchtliche Sichtbeeinträchtigungen durch die Gischt wären die Folge.

Sie vernahmen das Gewieher und Getrampel von draußen und mutmaßten im ersten Moment, dass beide wohlbehalten vor der Haustür stünden. Doch sie erblickten nur den Schimmel und das Erschrecken war groß.

„Der Hengst ist alleine. Kathrin muss irgendwo da draußen sein", erkannte Dörte.

„Genau und sie hat Lincoln geschickt, damit er Hilfe holt", schlussfolgerte Petersen.

„Dörte, ruf zur Vorsicht die Küstenwache an. Sie soll mit dem Hubschrauber die Strände absuchen und ein Boot rausschicken. Ich und Lincoln reiten zum Wasser, vielleicht finden wir sie", befahl Petersen.

„Warte Vater, ich komme mit. Vier Augen sehen mehr als zwei", bot sein Sohn sich an.

Sie stiegen auf Lincoln und ließen den Hengst den Weg finden. Im schnellen Galopp bewegte er sich zu der Stelle, wo der abgefackelte Strandkorb stand. Die beiden Männer sprangen ab und blickten hinaus auf Meer.

„Sie wird doch nicht ...", schoss es dem alten Petersen laut durch den Kopf.

„Was meinst du Vater?"

Lincoln trabte ins Wasser. Opa Petersen zeigte auf ihn.

„Genau das meine ich. Sie ist, aus welchem Grund auch immer, bei Ebbe ins Watt gelaufen. Durch das Unwetter ist das Wasser schneller gestiegen als üblich.
Hoffentlich hat sie sich auf die Sandbank gerettet."
Petersen nahm sein Handy und tippte eilig eine Nummer ein.
„Ich benachrichtige die Küstenwache, damit sie den hiesigen Abschnitt kontrolliert. Halt die Daumen, dass die Jungs sie schnell finden."
Keine zwei Minuten später hörten sie Helikoptergeräusche am Himmel.
Der Regen hatte zwar etwas nachgelassen, sie sahen den Hubschrauber jedoch erst, nachdem dieser über ihnen kreiste.
Mit einem Megaphon meldete sich der Pilot und teilte ihnen mit, dass er auf der Sandbank eine Gestalt ausgemacht hätte. Schnell entfernte sich der Helikopter.
Schon vorher wurde die Mannschaft des Küstenrettungsbootes über Funk informiert, zu welcher Stelle sie aufzubrechen hatten.
Lincoln stellte sich in der Zwischenzeit zu den ‚Petersen-Männern' und beobachtete gebannt mit ihnen die Rettungsaktion.
Kathrin fasste ihr Glück kaum, als sie in der Ferne das rettende Boot ausmachte. Das Wasser stand ihr schon bis zu den Kniekehlen.
Lange hätte sie nicht mehr ausgeharrt.
„Gerettet", sagte sie und wedelte mit ihren Armen so stark, wie es ihr möglich war.
Dabei passte sie auf, nicht umzufallen, denn der Meeresgrund wurde immer schlammiger und zog sie förmlich nach unten.

Dem Boot war es nicht möglich, bis zur Sandbank vorzudringen, sonst wäre es im Morast stecken geblieben und ebenfalls in Seenot geraten.

Für den Helikopter war es zu windig.

Ein Besatzungsmitglied des Bootes stieg deshalb aus.

Der Mann war über zwei Meter groß und kämpfte sich gehend durch das ansteigende Wasser.

Er führte einen Rettungsring bei sich und sah, dass das Mädchen kurz vor dem Ertrinken war.

„Halte durch", schrie er, „ich bin gleich bei dir."

Kathrin versuchte ihr Mögliches. Das Wasser hatte mittlerweile ihre Hüften erreicht.

Der Mann kam keine Sekunde zu spät, denn ihre Kräfte schwanden in Windeseile dahin.

Er bekam sie zu fassen, da war sie im Begriff unterzugehen.

Das Taschentuch auf ihrer Wunde war blutdurchtränkt.

Schnell erkannte er, dass der Rettungsring zwecklos war.

Er hievte Kathrin auf seine Schulter und stampfte mit ihr zum Boot zurück.

Mit dieser Last und einem höheren Wasserstand war das nicht leicht.

Sie bekam von all dem nichts mit. Kurz nachdem ihr Retter sie aus dem Wasser gezogen hatte, wurde sie ohnmächtig.

Nach endlosem Kampf gegen die Naturgewalten erreichten beide das sichere Boot. Ihr Retter drehte sich noch einmal zur Sandbank hin um. Doch diese war inzwischen in den Fluten untergegangen.

„Das nenne ich Timing", sagte er zu einem seiner Kollegen, der Kathrins Wunde mit wenigen Stichen nähte.

„Die Kleine hatte einen Schutzengel. Das ist nicht nur ein harmloser Kratzer. Sie hat einiges an Blut verloren.

Hoffen wir, dass nicht allzu viel Dreck hinein gekommen ist. Ich habe die Wunde, so gut es mir möglich war, desinfiziert. Trotzdem muss sie schnellstens ins Krankenhaus, am besten auf dem Festland. Sie ist total unterkühlt."

Das erste, das Kathrin wieder erblickte, war das liebevolle Gesicht von Opa Petersen. Sie sah, wie er ihre Hand hielt und sie sanft streichelte. Ständig murmelte er:

„Alles wird gut, alles wird gut."

Seine Augen hatten sich mit Tränen gefüllt.

Nachdem Klaasen ihm mitgeteilt hatte, wohin die Küstenwache Kathrin brachte, fuhr er ins Krankenhaus, um bei ihr zu sein. In den letzten Tagen, die sie miteinander verbrachten, war sie ihm wie eine Enkelin an Herz gewachsen und seine Sorge um sie war riesig.

Umso dankbarer war er, nachdem er hörte, sie würde wieder völlig genesen. Sie lag im Zimmer neben ihrem Vater.

„Weinst du etwa?", vernahm er Kathrins Frage und schreckte auf.

„Du bist wach. Wie fühlst du dich? Hast du Schmerzen? Hast du Hunger? Soll ich dir etwas zum Trinken besorgen?"

Es redete ohne Komma und Punkt. Kathrin lächelte.

„Nein. Danke. Wo bin ich denn hier?"

„Im Krankenhaus auf dem Festland. Der Rettungsdienst hat dich sofort hierher gebracht."

Erstaunt sah sie sich ihren verbunden Arm an.

„Du hast dich beim Absteigen vom Pferd am Sattel verletzt."

„Ja, ich erinnere mich. Ist denn Lincoln heil bei euch angekommen?"

„Ihm hast du deine Rettung zu verdanken. Genialer Einfall von dir, dass du ihn zurückgeschickt hast. Er hat uns geholt und zu der Stelle gebracht, an der ihr ins Watt gelaufen seid. Aber warum bist du ins offene Meer geritten?"

„Er hat mich doch verfolgt."

Petersen wurde stutzig und hellhörig.

„Wer hat dich verfolgt?"

„Hannahs Komplize versuchte, mich einzufangen.

Ich versteckte mich zuerst hinter einem Strandkorb, und dann kam Lincoln. Ich bin auf ihn aufgesprungen und wusste mir keinen anderen Ausweg, als mit ihm ins Meer zu reiten.

Der Korb wurde kurz danach vom Blitz abgefackelt."

Petersen schüttelte den Kopf und antwortete:

„So ein verkohltes Ding habe ich am Strand gesehen.

Du sagst, Hannahs Komplize war im Begriff, dich zu kidnappen?

Das bedeutet, sie sind weiter hinter irgendeiner Sache her und planten, dich gegen diese auszutauschen.

Hoffentlich ist dein Vater bald ansprechbar.

Wir müssen unbedingt herausfinden, was sie suchen.

Nur dein Vater ist in der Lage, uns in dieser Hinsicht einen Tipp zu geben und Licht ins Dunkel bringen."

„Ist denn mit Oliver alles in Ordnung?", schoss es Kathrin durch den Kopf.

„Warum fragst du?"

„Wenn sie mich nicht erwischt haben, versuchen sie es mit Oliver.

In seinem momentanen Zustand der Verliebtheit ist er doch nicht zurechnungsfähig und fällt auf alles rein.

Hannah säuselt ihm nur irgendetwas zu, und er springt prompt darauf an."

Petersen stand ruckartig von seinem Stuhl auf.

„Mein Gott, das habe ich gar nicht bedacht. Ich rufe zu Hause an, und ihn zu warnen. Ich hoffe, dass er mit Myriam auf dem Hof ist."

Er verließ das Zimmer und lief ins Erdgeschoss. Dort gab es einen eigens eingerichteten Bereich, in dem es gestattet war, mit einem Handy zu telefonieren.

„Petersen?".

Seine Schwiegertochter meldete sich.

„Hier auch. Du, ich rufe vom Krankenhaus aus an."

„Was ist mit der Lütten?", fragte sie erwartungsvoll und besorgt.

„Sie ist schon wieder die Alte. Was mir Unbehagen bereitet ist Oliver. Ist er auf dem Hof?"

„Ich sehe nach, wo er ist. Warum sorgst du dich um ihn?"

„Ich erkläre dir das später. Schau bitte, ob er sich in der Nähe aufhält und sage ihm, wenn du ihn findest, dass er sich nicht vom Hof runter rührt. Sein Leben ist in Gefahr."

„Was bedeutet das. Erkläre mir bitte, warum?"

Die Stimme von Dörte überschlug sich.

„Schau nach", drängte Petersen.

„Es eilt. Wenn er da ist, bin ich beruhigt und erzähle dir alles.

Aber, sieh jetzt nach. Ich warte so lange."

Er hörte, wie seine Schwiegertochter den Hörer zur Seite legte, aus dem Haus rannte und mehrmals Olivers Namen rief. Was er nicht vernahm, war eine Antwort. Die Rufe wurden schwächer.

Dörte lief über das gesamte Grundstück.

Oliver war nirgends auffindbar.

Außer Atem kam sie zum Telefon zurück.

„Tut mir leid. Er ist nicht hier. Er ist bestimmt mit Myriam in die Stadt. Sie haben mich gefragt, wann der nächste Bus dorthin fährt. Das war vor einer halben Stunde. Wenn sie ihn mitgenommen haben, dann sind sie in Wyk."

„Haben sie dir gesagt, was sie heute so vorhaben?"

„Sie neckten sich, ob sie lieber ins Kino oder Schwimmbad gehen."

„Kino oder Badeanstalt. Das liegt weit auseinander. Aber ich versuche, Oliver aufzuspüren. Kommt er wider Erwarten nach Hause, dann halte ihn fest und lass ihn nicht aus den Augen."

Der Bauer legte auf, bevor Dörte „Warum" fragen konnte. Petersen eilte in Kathrins Krankenzimmer zurück. Eine Schwester brachte ihr etwas zu Essen und Trinken und sie verschlang es mit großem Appetit.

„Ich wusste gar nicht, dass ich so hungrig bin", sagte sie zu Petersen, als er ins Zimmer trat und erstaunt registrierte, dass sie doch etwas aß.

„Hauptsache es schmeckt dir. Ich verabschiede mich mal für einen kurzen Augenblick."

„Ist Oliver auf dem Hof?"

„Es hat den Anschein, dass er mit Myriam in Wyk ist. Ich versuche, ihn zu finden und zum Hof zu bringen. Dafür nehme ich die nächste Fähre."

„Wo fängst du an zu suchen?"

„Dörte hat mir zwei Anhaltspunkte genannt – Kino und Schwimmbad."

„Dann lauf lieber direkt zum Kino. Im Schwimmbad waren sie erst und in dieser Woche kommt ein neuer Actionfilm mit Olivers Lieblingsstar ins Kino. Du findest ihn bestimmt dort."

„Wenn du meinst, dann sehe ich zuerst dort nach. Halt mir die Daumen. Ich habe mit Klaasen gesprochen, kurz bevor man dich hier eingeliefert hat.

Er kommt vorbei. Wüsste er, was mir nun bekannt, wäre er schon hier. Ich rufe ihn von unterwegs aus an.

Wundere dich nicht, wenn er hier aufkreuzt. Du erzählst ihm alles haarklein."

„Das kenne ich doch schon. Du brauchst dir um mich keine Sorgen zu machen. Geh lieber los und suche Oliver."

Er bückte sich zu Kathrin herunter und gab ihr einen Kuss auf die Stirne.

„Bis bald, meine Lütte."

„Ja, Opa Petersen und viel Erfolg."

Dann verschwand er durch die Tür.

Kapitel 7

Kathrin schloss die Augen und wünschte sich, dass er ihren Bruder finden möge.

Es regnete weiterhin.

Der Pferdewirt erreichte schnaubend die Fähre.

Er sinnierte, nachdem er sich ein trockenes Plätzchen im Salon gesucht hatte, dass er, solange er lebte, in so kurzer Zeit niemals dermaßen oft das Fährschiff benutzt hatte.

Vom Hafen aus lag das Kino näher als das Schwimmbad. Deshalb sah Petersen zuerst dort nach, wie Kathrin es vorgeschlagen hatte. Er rannte und hetzte auf direktem Weg dorthin.

Was, wenn die Vorstellung bereits lief? Sich ebenfalls ein Ticket kaufen und im Saal nachsehen, ob die beiden sich dort aufhalten? Und wenn sie auch dort nicht wären, wie verhielt er sich dann?

Tausend Fragen schwirrten ihm durch den Kopf.

Atemlos erreichte er das Lichtspielhaus und stellte mit Erschrecken fest, dass an diesem Nachmittag keine Filmvorführung stattfand.

Er hielt sich nicht lange vor der geschlossenen Türe auf, raste weiter zum Schwimmbad.

Am Einlassschalter saß eine ziemlich dicke Frau, die mit einem griesgrämigen Gesichtsausdruck die Besucher eher vergraulte, denn einlud. Trotzdem fragte er nach, ob ein siebzehnjähriger Junge, groß, blond mit einem etwa gleichaltrigen Mädchen vor nicht allzu langer Zeit ins Bad gekommen sei.

Die Frau am Schalter schaute Petersen an, so als ob sie fragen wollte:

„Sie sind wohl nicht ganz dicht. Wissen sie, wie viele junge Leute hier jeden Tag ein und ausgehen, auf die ihre Beschreibung passt?"

Aber sie nahm all ihren Charme zusammen, soweit das möglich war, und antwortete nur:

„Sehen Sie bitte mal selbst nach! Hier läuft so viel junges Gemüse rum. Dort hinten durch die Scheibe haben Sie den besten Blick.

In einer Minute setzen wir die Wellen wieder ein.

Da werden sie bestimmt dabei sein, wenn sie überhaupt hier sind. Das lässt sich keiner entgehen."

Sie öffnete die Schranke und ließ ihn passieren. Petersen eilte zur Scheibe und sah sich systematisch von links nach rechts alle in Frage kommenden Jugendlichen an.

Oliver und Myriam entdeckte er nicht. Enttäuscht lief er wieder Richtung Kasse.

„Na, sind wohl nicht dabei, was?", hörte er die Frau sagen.

„Leider nicht, trotzdem danke", war seine knappe Antwort und er verließ schnellen Schrittes das Bad.

Das fehlte noch. Seine Nerven lagen blank.

Wo weiterhin suchen? Gerade sein Handy aus der Jackentasche nehmend, um zu Hause nachzufragen, ob die beiden wieder auf den Hof sind, klingelte es.

Mit zitternder, weinerlicher Stimme meldete sich Dörte.

„Du musst schnell hierher kommen. Sie haben sich telefonisch gemeldet und Oliver sowie seine Freundin in ihrer Gewalt."

„Du sprichst von Hannah und dem Ganoven?"

„Ja, von wem denn sonst."

„Haben sie gesagt, was sie vorhaben?"
„Nein, sie erklärten, sie würden nur mit dir reden.
Du hättest eine halbe Stunde Zeit, um hierher zu kommen.
Dann rufen sie erneut an."
„Ich bin schon unterwegs."
„Ist es nicht angebracht, Kathrin zu informieren?"
„Das erledige ich später. Wichtig ist, dass ich beim Anruf
von Hannah anwesend bin."

Petersen rannte zum Hafen zurück, denn dort hatte er
seinen Wagen geparkt. Unterwegs resümierte er, Klaasen
hat gar nicht so Unrecht, diese Familie wirbelte wirklich
mächtig Staub auf.
Was sich Hannah von ihm erhoffte?
Sollte er die Polizei jetzt schon informieren oder erst
abwarten, was die Entführer verlangten?
Tausend Gedanken breiteten sich in seinem Hirn aus und
er hatte Mühe, sich trotz des geringen Verkehrs auf seinen
Weg zu konzentrieren.
Kaum war er auf seinem Areal angekommen, da ertönte
der Festanschluss erneut. Petersen nahm sofort ab.
Er schaltete den Lautsprecher ein, damit Dörte mithörte,
und vernahm Hannahs unverwechselbaren Befehlston.
Sie stand, mit ihrem Komplizen, in einer der geräumigen
Kabinen der geraubten Yacht, in die sie die Jugendlichen
verfrachtet hatten.
So bekamen diese alles mit. Hannah polterte sofort los.
„Wie Sie sicher wissen, sind die beiden Halbstarken in
unserer Gewalt. Ja, mit der Kleinen hat es nicht geklappt.
Dann geben wir uns eben mit dem Bruder und dessen
Freundin zufrieden.
Das Ergebnis ist dasselbe!

Wir haben etwas, was Sie zurückhaben möchten und Sie werden uns dafür bei Robert die Formel besorgen. Ist das klar?"

Ihre Stimme überschlug sich fast.

Petersen versuchte, gelassen zu bleiben.

„Wie geht es Oliver und Myriam? Was für eine Formel, ich verstehe nicht. Sie müssen sich schon etwas genauer ausdrücken.

Außerdem ist Herr Bremeke nicht ansprechbar. Das hat er Ihnen zu verdanken.

An die Formel hätten Sie denken sollen, bevor Sie den Anschlag auf ihn verübten."

„Unsere Forderungen sind gestellt. Robert weiß genau, was ich meine. Unter Berücksichtigung der Fährverbindungen, und um kein Aufsehen zu erregen, indem sie sich ein Privatboot chartern, haben Sie drei Stunden Zeit, um uns das Gewünschte mitzuteilen.

Wir melden uns dann wieder. Wenn Sie nicht in der Lage sind, uns innerhalb dieser Frist die Formel zu überreichen, sieht es leider für die Sprösslinge nicht so rosig aus.

Unfälle passieren hier an der Küste andauernd und ab und zu werden Wasserleichen aus dem Meer gezogen.

Habe ich mich deutlich genug ausgedrückt?

Dass die Polizei außen vor bleibt, brauche ich nicht extra zu erwähnen. Wir werden alles aus sicherer Entfernung beobachten.

Ihre Zeit läuft ab jetzt."

Das Gespräch war beendet.

Hannah hatte aufgelegt und Petersen keine weitere Möglichkeit mehr, irgendetwas zu erfahren.

Etwa, wo sich Oliver und Myriam aufhielten.

Wieder stellte er sich die Frage, ob er Klaasen einschalten solle oder nicht. Zwar hatte Hannah ausdrück-ich davor gewarnt, die Polizei einzuschalten, aber was galt schon die Drohung einer Lügnerin, Betrügerin und Mörderin.

Das Einzige, was ihn davon abhielt, Klaasen nicht Bescheid zu geben, war die Leben der beiden Jugendlichen zu retten.

Wenn sie ihn beobachteten, dann bekämen sie mit, mit wem er sich unterhielt, mit wem er zusammentraf.

„Was unternimmst du jetzt?", hörte er seine Schwiegertochter fragen.

„Was bleibt mir denn. Ich fahre zu Herrn Bremeke in die Klinik und versuche, an diese Formel zu gelangen", antwortete er niedergeschlagen.

„Aber du wirst dich doch nicht alleine in so große Gefahr begeben? Du musst die Polizei verständigen."

„Du hast das Gespräch mitgehört. Sie wollen keine Polizei. Mir ist auch nicht wohl dabei. Vielleicht beobachten sie mich schon.

Ich nehme auf keinen Fall Kontakt zu Klaasen auf.

Außerdem sehe ich zu, dass ich die nächste Fähre bekomme. Sobald ich vom Grundstück bin, schnappst du dir dein Fahrrad und fährst zur Polizeistation. Auf keinen Fall telefonierst du.

Wir wissen nicht, ob sie das Telefon abhören.

Du erzählst ihm, was los ist. Er soll ebenfalls zur Klinik kommen, aber in Zivil und so unauffällig wie möglich.

Sag ihm, ich würde in Bremekes Zimmer auf ihn warten, die Zimmernummer kennst du. Das ist die einzige Chance, die wir haben.

Sie wäre größer, wenn wir wüssten, wo sie Oliver und seine Freundin gefangen halten."

Er sah auf seine Uhr.

„Ich bin weg. Erledige bitte alles so, wie besprochen!"

Dörte nickte. Kaum war ihr Schwiegervater verschwunden, rannte sie zum Schuppen, nahm ihr Fahrrad und fuhr schnurstracks zu Klaasen. Der hörte sich alles an, schüttelte immer wieder den Kopf und meinte nur:

„Vor einer Woche hielt ich mich noch fit genug für diesen Job. Langsam bezweifle ich das und überlege, mich frühzeitig in Pension schicken zu lassen."

Dörte verdrehte vor so viel Selbstmitleid nur die Augen.

„Werden Sie meinem Vater helfen oder nicht?"

„Natürlich, aber nicht, weil ich Polizist bin, sondern weil wir Freunde sind und ich hoffe, dass diese Familie so schnell wie möglich aus meinem Leben verschwindet.

Lieber heute denn morgen möchte ich die loswerden, da ist mir bald jedes Mittel Recht."

Er zog seine Uniform aus und eine hellblaue Jeans sowie ein normales Hemd an.

„Wie kommen Sie auf das Festland? Die Fähre hat bereits vor einigen Minuten abgelegt", klärte ihn Dörte auf.

„Wozu ist man mit dem Hafenmeister befreundet?

Olsen hat ein Boot und wir werden zusammen deinen Vater unterstützen. Es ist besser, wenn du zu eurem Hof zurück radelst. Möglich, dass sich die Entführer abermals melden. Dann sollte jemand da sein."

„Wenn ich sicher bin, dass Sie sich endlich in Bewegung setzen, um meinem Schwiegervater beizustehen, radle ich zurück", erwiderte sie.

Klaasen schnappte sich seinen Motorradhelm und verließ das Revier, um mit Olsen Richtung Festland aufzubrechen.

Er setzte sich auf sein Motorrad und brauste davon.

Dörte sah es mit Wohlwollen, stieg wieder auf ihr Rad und entfernte sich auf dem entgegengesetzten Weg.

Währenddessen saß Petersen beunruhigt in einem der großen Salons an Bord der Fähre.

Vor ihm auf dem Tisch stand eine Riesenkanne gefüllt mit extra starkem Kaffee, damit er wach blieb. Das würde lange dauern, und er wollte einer eventuellen Müdigkeit so schon einmal vorbeugen.

Hoffentlich war Robert ansprechbar, schoss es ihm durch den Kopf. Und sein Gesundheitszustand stabil genug, um die Entführung seines Sohnes zu verkraften.

Nicht auszudenken, was geschehen würde, wenn er aufgrund der unschönen Nachricht einen erneuten Zusammenbruch erlitt.

Die Überfahrt zog sich hin. Petersen hatte die Kanne in Windeseile geleert und das schlug sich gnadenlos auf seine Blase nieder.

Er suchte die Toiletten auf, um sich zu erleichtern, und schlenderte anschließend an Deck, obwohl es weiterhin regnete.

„Frische Luft", registrierte er und atmete tief durch.

In der Ferne sah er das Schiff, mit dem die Touristen zu den Seehundbänken geschifft wurden. Bei dem Wetter waren es nicht viele, die sich darauf einließen.

Etwas weiter rechts von diesem Boot erkannte er ein zweites. Es war nur unwesentlich kleiner und kam ihm bekannt vor.

Das ist die Yacht von Drünenberg, durchzuckte es ihn wie von einen Blitz getroffen.

Hannahs Komplize hatte es gestohlen, nachdem er sich den Chemieboss vom Hals geschafft hatte.

Sie beobachten mich also tatsächlich von dieser Yacht aus, und das bedeutet, sie haben die beiden Kinder an Bord.

Das musste er sofort Klaasen mitteilen, wenn er ihn sehen würde.

Und abermals kam ihm die Überfahrt endlos lange vor.

Klaasen und Olsen hatten in der Zwischenzeit das Boot des Hafenmeisters klar gemacht und waren eben-falls auf dem Weg zur Klinik. Sie nahmen jedoch einen schnelleren Weg. Da ihr Boot im Vergleich zur Fähre eher klein war, benötigte es eine geringere Wassertiefe.

Da Flut war, schlugen sie die direkte Strecke nach Dagebüll ein.

Für Olsen war es selbstverständlich, dass er Klaasen und Petersen in ihrem Vorhaben unterstütze. Er sah die Sache anders als der Polizist. Endlich kam mal wieder Leben in die Bude, wie er sich ausdrückte.

Der Bauer hatte mit seiner Vermutung, das Myriam und Oliver sich auf der gestohlenen Yacht aufhielten, Recht.

Beide lagen, weiterhin zusammen, auf einem riesengroßen Bett in der luxuriös ausgestatteten Kabine.

An Händen und Füßen gefesselt.

Die Fesseln schnitten bereits ins Fleisch ein und schmerzten höllisch.

Seitdem man sie so verschnürt dort abgelegt hatte, versuchten sie unermüdlich, die Stricke zu lösen, doch sie erreichten nur das Gegenteil.

Hannah hatte Oliver schon seit längerem beobachtet.

Nachdem der Versuch, Kathrin zu kidnappen, fehlschlug, stand er auf ihrer Liste ganz oben.

Es war für sie ein Leichtes, ihm und seiner Freundin an der Bushaltestelle vom Schwimmbad aufzulauern und sie dann mit Hilfe ihres Freundes in einen Lieferwagen zu verstauen.

Dort wurden sie mit Chloroform betäubt und auf die Yacht gebracht.

Beide waren so überrascht, dass sie sich kaum wehrten.

Nachdem sie wieder zu sich kamen und feststellten, in welchem Zustand man sie in die Kabine verfrachtet hatte, erschraken sie.

„Ist dies das Boot von dem Mann, der umgebracht wurde?", fragte Myriam.

„Das sieht so aus. Das Schiff, mit dem mein Vater seine Tauchgänge unternommen hat, ist es zumindest nicht.

Das sah anders aus, nicht so edel", sagte Oliver.

„Ich habe Durst", winselte Myriam.

„Etwas Wasser wäre nicht schlecht", antwortete ihr Freund.

„Meinst du, sie hören uns, wenn wir schreien?"

„Ob wir schreien oder nicht, sie werden nicht kommen", erklärte Oliver.

„Wieso bist du dir da so sicher?"

„Ich kenne Hannah. Sie hat eine sadistische Veranlagung und genießt es, wenn Leute leiden. Meine Schwester und ich ertragen sie, seitdem sie bei uns ist."

„Ich muss aber mal was trinken. Mir ist schon schummerig vor Augen. Ich habe auch so einen Druck in der Brust."

Sie hustete heftig. Oliver wurde aufgeregt.

„Myriam, das liegt doch nicht nur an deinem Durst.

Du brauchst das Medikament. Wo hast du es?"

„Ich habe es nicht eingesteckt. Wir wollten nur kurz ins Schwimmbad. Bis zum Abendessen wäre ich wieder auf meinem Zimmer gewesen und hätte die Arznei eingenommen."

Der Husten wurde stärker.

Myriam verfiel in eine Kurzatmigkeit und Oliver rief nun doch, so laut er es vermochte, um Hilfe.

Hannah und ihr Freund standen an Deck und verfolgten mit der Yacht die Fähre, auf der sich Petersen aufhielt.

Der Wind frischte abermals auf.

„Hörst du das?"

Hannahs Freund hielt inne.

„Was?", fauchte sie.

„Unser Jüngelchen ruft."

„Na und, lass ihn rufen. Der hört wieder auf."

„Es scheint aber dringend zu sein."

Hannahs Freund war im Begriff, nachzusehen, sie hielt ihn jedoch fest.

„Ich habe gesagt, lass ihn rufen. Der beruhigt sich wieder. Er muss lernen, dass man nicht immer gleich gelaufen kommt, wenn er ein kleines Anliegen hat. Bleib hier", befahl sie ihm.

Nur widerwillig beugte er sich dem Gesagten.

Er hatte ein mulmiges Gefühl bei der Sache. Die Hilferufe hörten sich ernst an.

Oliver schrie immer wieder.

Gleichzeitig versuchte er, Myriam zu beruhigen, die beim Ausatmen ein pfeifendes, zischendes Geräusch von sich gab.

„Gleich kommt einer der beiden runter. Sie müssen mich gehört und mitbekommen haben, dass es etwas Ernstes ist."

An Deck wurde Hannahs Freund immer beunruhigter.

„Ich geh jetzt runter und sehe nach. Du kannst mir sagen, was du willst."

Er hatte schon einiges Unrecht verübt. Bis dato plagten ihn nie Gewissensbisse. Das Wort ‚Skrupel' strich er vor

Jahren aus seinem Wortschatz. Ihn kümmerte es wenig, ob er unethische oder schändliche Handlungen verübte.

Wenn man ihn beauftragte, einen Job zu erledigen, dann fragte er nicht nach, sondern führte den Auftrag aus.

Mit Hannah arbeitete er seit einer Ewigkeit zusammen.

Doch mittlerweile war ein Punkt erreicht, den er nicht vorhatte zu überschreiten.

Die Menschen, die er sonst entführte, beraubte, quälte und misshandelte, hatten es nicht besser verdient, da sie meistens böswillig und höchst unmoralisch waren.

Diese beiden Teenager waren anders. Unschuldig in jeder Hinsicht. Ihnen musste er helfen, ob es Hannah gefiel oder nicht.

Und hier zeigte sich, dass die menschliche Moral vielschichtiger war, als es auf den ersten Blick schien.

Die Entscheidung, sich für die Jugendlichen einzusetzen, konnte er sich selber weder erklären noch verstand er es.

Er handelte aus einem Impuls heraus.

„Das hätte ich niemals für möglich gehalten. Du hast so etwas wie ein Herz?

Schließlich gehen einige Menschenleben auf dein Konto.

Kaum fängt aber ein pubertierendes Jüngelchen an, um Hilfe zu schreien, da hält dich nichts mehr.

Da frage ich mich doch, ob du nicht eher auf kleine Jungs stehst, denn auf verführerische, erwachsene Frauen", spottete Hannah und stellte sich vor die Luke, die hinunter zu den Entführten führte.

„Lass mich endlich durch", er schupste sie zur Seite, lief zur Kabine und riss die Tür auf.

Myriam lag röchelt auf dem Bett. Ihre Haut war längst bläulich gefärbt und sie schnappte nur nach Luft, unfähig zu sprechen.

„Was ist los mit ihr?", erkundigte sich der Ganove.

„Das ist ein Asthmaanfall. Sie benötigt dringend eines ihrer Medikamente."

„Dann gib es ihr doch. Wo ist das Problem?"

„Sie hat es nicht dabei. Und wenn sie nicht bald in ein Krankenhaus kommt, erstickt sie."

Der Ganove nahm sein Jagdmesser, das er immer bei sich trug, aus dem Halfter und durchschnitt bei beiden die Fesseln.

Augenblicklich stütze sich Myriam mit ihren Armen auf das Bett auf, um besser Luft zu bekommen.

Ihr gesamter Brustkorb war überbläht und sie kämpfte mit dem zähflüssigen Bronchialschleim, der sich gebildet hatte.

Ihre Nasenflügel bewegten sich bei jedem Atemzug heftig. Ihr Gesichtsausdruck wurde immer angsterfüllter.

„Ist da nichts zu machen?", fragte der Kidnapper nervös.

„Sie braucht dringend ihr Medikament oder einen Notarzt. Am besten beides. Wenn nicht bald was passiert, wird sie bewusstlos."

„Das erlaubt Hannah niemals. Eher lässt sie die Kleine verrecken", bemerkte der Ganove.

Oliver überlegte krampfhaft, Myriams Leben zu retten, und er hatte eine Idee.

„Gibt es hier so etwas Ähnliches wie einen Medikamentenschrank?"

„Ich denke schon. Warum?"

„Sehen Sie nach!

Und wenn Sie etwas Kortisonhaltiges finden oder für die Bronchien, dann bringen Sie es hierher. Wir müssen alles versuchen. Vielleicht ist etwas dabei, das hilft."

Hannahs Freund untersuchte sofort jede Kabine.

Hannah hatte sich währenddessen kein einziges Mal unten blicken lassen. Sie war eiskalt.

Sie dachte lediglich: „Soll das Mädchen doch abkratzen, das war nicht ihr Problem. Warum hatte sie sich mit Oliver angefreundet?"

Ihr Plan war, sich in der Kombüse etwas Essbares anzurichten und zu warten, bis alles vorbei war.

Und dann nichts wie über Bord mit der Leiche.

Sie hatte Hunger und ließ sich nicht den Appetit von diesem jämmerlichen Zwischenfall verderben.

Der Ganove hatte in der Zwischenzeit ein Spray gefunden. Der Beschreibung nach entspannte es die Atemwegsmuskulatur und führte dadurch zu einer spürbaren Erweiterung der Atemwege.

„Ich habe hier was."

Triumphierend hielt er das Spray hoch.

„Geben Sie schon her", zischte Oliver ihn an und nahm es ihm aus der Hand.

‚Bronchienerweiternd' las er auf dem Klebeschild.

„Hoffentlich hilft es", überlegte er, schüttelte es ein paar Mal, öffnete den Mund von Myriam und verabreichte ihr drei kleine Stöße hintereinander, da sie kaum sichtbar einatmete.

Augenblicklich setzte eine Besserung ein.

Ihre Atmung wurde wieder regelmäßiger. Die blaue Gesichtsfarbe verschwand, die Schmerzen im Brustbereich ließen langsam nach.

„Fühlst du dich besser?", erkundigte sich Oliver zaghaft bei ihr.

Myriam nickte nur, denn ihr Zustand war weiterhin schwächlich und kurz darauf schlief sie ein.

Oliver war erleichtert.

„Super, dass sie dieses Medikament gefunden haben. Ich darf gar nicht dran denken, was ohne Spray passiert wäre."

Der Ganove winkte verlegen ab.

„Es ist noch mal gut gegangen, nur darauf kommt es an", unterstrich er seine Geste.

Von oben hörten sie die keifende Stimme der Stiefmutter.

Oliver fand, dass Hannahs Komplize – trotz der Taten, die er verübt hatte – kein so böser Mensch war.

„Warum haben Sie sich mit ihr eingelassen? Sie ist abgrundtief teuflisch. Von alleine hätten Sie nie diese Untaten begangen."

Angespannt wartete Oliver auf eine Antwort, doch der Ganove zuckte nur mit den Schultern.

Wieder hörten sie, wie Hannah irgendetwas zu rief und plötzlich fing das Schiff gewaltig an zu wackeln und sie vernahmen den Geruch von Propangas.

„Ich sehe nach, was da los ist", sagte der Ganove und verließ augenblicklich die Kabine.

Oliver blieb mit Myriam zurück und überlegte, wie sie aus dieser Situation entkamen. Er hatte ein ungutes Gefühl und erspürte, wie ihm sein Herz bis zum Hals schlug.

Ihm war bewusst, dass Hannah nicht davor zurückschrecken würde, etwas Grauenvolles anzurichten, vielleicht sogar das Schiff in die Luft zu sprengen, wenn sie ihre Pläne gefährdet sah.

Unerwartet hörten sie einen weiteren lauten Knall und die Yacht schwankte heftiger.

Der Teenager rannte zur Tür und sah den hustenden Ganoven zurückkehren, der völlig verstört aussah.

„Was ist passiert?", fragte Oliver.

„Hannah hat die Propangasflaschen in der Kombüse geöffnet und eine Explosion ausgelöst. Wahrscheinlich ist einer der Schläuche undicht oder er hat sich vom Herd gelöst. Beim Anzünden ist es dann passiert. Dort ist alles voller Rauch", antwortete der Ganove atemlos.

Oliver erkannte, dass es unklug war, länger in der Kajüte zu bleiben. Bevor das Schiff vollständig explodierte, mussten sie sich in Sicherheit bringen.

„Raus hier", sagte er und packte Myriam, die noch immer sehr angeschlagen war, vorsichtig unter die Arme, um sie abzustützen.

„Kannst du laufen?", fragte er sie besorgt.

Sie nickte nur.

Der Ganove lief voraus, sie folgten ihm, während sie durch die Flammen und den Rauch rannten, der die Yacht erfüllte. Sie kämpften sich durch die Hölle, die das Schiff geworden war, und erreichten das Deck, wo sie sich aufteilten.

Oliver und seine Freundin liefen in Richtung Heck.

Das Feuer breitete sich immer weiter aus.

Dort angekommen, stand Hannah mit einer Seenotsignalpistole in der Hand und zielte auf die beiden. Sie war im Begriff, mit dem Schlauchboot, das an dieser Stelle vertäut war, von der Yacht zu fliehen.

„Keinen Schritt weiter", schrie sie.

„Du bist ein wirkliches Miststück", erwiderte Oliver. „Ich verstehe nicht, warum mein Vater auf dich reinfiel. Was hast du davon, wenn wir alle tot sind? So bekommst du niemals die Formel."

Hannah lachte nur spöttisch.

"Lass das meine Sorge sein. Ihr werdet eh alle verbrennen", sagte sie herausfordernd und war für einen kurzen Moment abgelenkt, da ihr Komplize sich mittlerweile mit einem der an Bord befindlichen Feuerlöscher neben sie gestellt hatte und sie annahm, dass er damit nun die Flammen löschte.

Doch stattdessen rammte er ihr das Gerät voll in den Bauch, so dass sie über Bord fiel und im Wasser versank.

Dabei verlor er die Balance und stolperte. Mit dem Kopf stieß er so hart auf dem Boden auf, dass er bewusstlos liegen blieb.

Oliver reagierte sofort und entriegelte das kleine Boot, das augenblicklich ins Wasser fiel.

„Los, weg hier", sagte er und wies auf das Schlauchboot.

„Spring runter ins Boot!", befahl er Myriam und tat dasselbe.

Sie zögerte zuerst.

„Was ist mit dem Typ?"

Myriam zeigte auf den bewusstlosen Ganoven.

„Wir müssen uns beeilen, damit wir von hier wegkommen. Das ist sein Schicksal. Hätte er sich nicht mit Hannah eingelassen, wäre ihm das erspart geblieben.

Spring endlich!", sagte er hart und entschlossen.

In letzter Sekunde gelangte sie in das Schlauchboot.

Oliver startete dessen Außenborder und sie fuhren davon, Richtung Land, während die Yacht hinter ihnen explodierte und in Flammen aufging, samt dem Komplizen.

Das Schlauchboot raste über die Wellen. Dennoch hatten sie den Eindruck, dass die Hitze der explodierenden und brennenden Yacht sich in ihrer Kleidung festgebissen hätte.

Die Teenager hielten sich eng aneinander und ließen die Gefahr hinter sich. Er steuerte das Boot geschickt durch das aufgewühlte Wasser und konzentrierte sich darauf, so schnell wie möglich das rettende Ufer zu erreichen.

Mit sicherem Abstand zur brennenden Yacht wandte sich Myriam zu Oliver.

"Danke, dass du mich gerettet hast. Ohne dich wäre ich gestorben."

Er lächelte sanft.

„Du brauchst dich nicht zu bedanken. Ich bin froh, dass wir es geschafft haben, von dort wegzukommen."

Unvermittelt ertönte ein lauter Knall, und das Schlauchboot zitterte. Der Außenborder hatte einen Defekt.

"Verdammt! Das fehlt uns gerade noch", rief Oliver und versuchte, den Motor wieder zum Laufen zu bringen.

Doch es war zwecklos. Ohne fremde Hilfe kamen sie keinen Millimeter weiter.

Zu allem Unglück verschlechterte sich auch das Wetter zunehmend.

Ein erneutes Gewitter zog auf und dunkle Regenwolken entleerten sich über ihnen.

Die Explosion der Yacht war weithin sichtbar.

Klaasen und Olsen sahen sie von ihrem Boot, Petersen von der Fähre aus.

In einiger Entfernung des Explosionsortes erkannte der Bauer ein weiteres, kleineres Boot. Es kam nicht mehr aus eigenem Antrieb voran.

Petersen informierte seine Freunde über Handy, teilte ihnen seine Vermutung mit, dass die Jugendlichen sich auf dieser Yacht aufhielten und auch, dass er ein weiteres Boot ausmachte und Olsen wendete sofort seinen Kahn.

Er raste in einem Affentempo in die von Petersen angegebene Richtung auf das defekte Boot zu.

Kapitel 8

Die Sonne sank bereits am Horizont. Das angeschlagene Schlauchboot trieb manövrierunfähig auf den tosenden Wellen. Die Teenager kämpften verzweifelt um ihr Leben. Die Sturmböen peitschten den Regen in ihre Gesichter, und das Rauschen des aufgewühlten Ozeans übertönte jedes Wort. Sie waren dem Unwetter schutzlos ausgeliefert.

Dann ein Hoffnungsschimmer.

Sven Olsen und Jens Klaasen erreichten mit ihrem Kahn fast das Boot. Doch auch sie kämpften gegen die Elemente an.

Die Wellen türmten sich höher und höher auf, und es schien, dass die Natur selbst gegen die beiden unschuldigen Teenager konspirierte.

Die Bergung war gefährlich, doch die erfahrenen Männer ließen sich nicht von der Bedrohung abschrecken.

Mit geschickten Manövern näherten sie sich dem kleinen Boot, das sich hilflos in den tobenden Wellen wiegte.

Die Rettung verlief nicht reibungslos. Das Schlauchboot drohte mehrmals zu kentern, und Myriam und Oliver hatten schon die Hoffnung aufgegeben.

Der Hafenmeister und der Polizist kämpften weiter.

In letzter Sekunde gelang es ihnen, die beiden erschöpften Überlebenden an Bord zu ziehen, dann sank das Schlauchboot. Doch sie waren endlich in Sicherheit.

Ihre Kleidung klamm und durchnässt, aber ihr Herz schlug voller Hoffnung.

Nach der Rettung erzählte Oliver von den schrecklichen Ereignissen, die sich auf der Yacht abgespielt hatten.

Die bedrohliche Geiselnahme und die ständige Angst um ihr Leben hatten die Zeit auf See zu einem Albtraum werden lassen. Die Geretteten fassten es deshalb kaum, dass sie dem Ganzen entkommen waren.

Vorsichtshalber wurden sie auf dem Festland in einen wartenden Rettungswagen gebracht und zum nächsten Krankenhaus transportiert. Dort lagen auch Robert, der weiterhin ärztliche Hilfe benötigte, und Kathrin, die sich auf dem Weg der Besserung befand.

Robert war erwacht und saß aufrecht im Bett.

Seine Tochter auf einem Stuhl davor.

Die Ärzte untersuchten die Teenager und verabreichten Myriam ein weiteres Medikament. Zur Beobachtung behielt man sie die Nacht über dort, und sie suchten sofort Olivers Vater und dessen Schwester auf.

Sie belegten ebenfalls das Zimmer neben Robert, in dem die Krankenpfleger Kathrins Bett aufgestellt hatten.

Es war mit einer großen Verbindungstür ausgestattet, die offen stand, so dass es Oliver und seiner Schwester möglich war, ihren Vater zu besuchen.

Aufgeregt erzählten die fast Ertrunkenen nochmals, was sie durchlebt hatten, und insgeheim blieb bei den Anwesenden eine Frage in der Luft hängen, die wie eine dunkle Wolke über den Raum schwebte: War Hannah wirklich tot?

Niemand wusste es genau. Die Unklarheit darüber schweißte sie noch enger zusammen.

Schon anderntags verließen die drei Jugendlichen das Krankenhaus.

Robert folgte ihnen eine Woche später.

Seine Kinder verbrachten diesen Zeitraum bei den Petersens auf dem Reiterhof. Sie halfen mit, die anfallenden Arbeiten zu erledigen und den Schutt der abgebrannten Scheune zu entfernen.

Der Abschied fiel ihnen deshalb besonders schwer und sie versprachen, wiederzukommen, wenn es erwünscht war.

„Natürlich habt ihr bei uns immer eine Anlaufstelle.

Ihr seid mir richtig ans Herz gewachsen", sagte Opa Petersen bei der Verabschiedung und wischte sich den angeblichen Sand aus den Augen, der für einige Abschiedstränen sorgte.

Kathrin schluchzte ebenfalls, denn die Trennung von ihm sowie von Lincoln schmerzte sie.

Robert hatte einiges durchgemacht. Die Entlassung aus dem Krankenhaus und die Fortsetzung seiner Genesung durch eine ambulante Therapie war ein Schritt in die richtige Richtung, aber bis zur vollständigen Heilung dauerte es einige Zeit.

Der Einzige, der froh war, dass endlich wieder Ruhe auf der Insel einkehrte, war der Inselsheriff Klaasen.

Die Tage vergingen. Roberts Behandlungsverfahren war anstrengend. Er gab sein Bestes, um wieder auf die Beine zu kommen. Er verbrachte die meiste Zeit zu Hause mit seinen Kindern, und das war für alle eine willkommene Veränderung. Oliver und Kathrin sahen den Wandel, der in ihm vorging, und das machte sie glücklich.

Mit ihnen zu Hause zu sein, war ein wahrer Lichtblick.

Die Tage verliefen nicht mehr von düsteren Gedanken und dunklen Erinnerungen geprägt, sondern von Lachen und Familienzusammenhalt.

In den Momenten, die sie zusammen verbrachten, sprachen sie sich aus. Robert schwor, seinen Kindern, zukünftig mehr Zeit für sie zu haben und weniger zu arbeiten.

Sie hatten sich immer nahe gestanden, bevor Hannah in ihr Leben trat. Jetzt wuchsen sie abermals zu einer richtigen Familie zusammen.

Robert hatte ihnen versprochen, dass, wenn er jemals wieder einer Frau begegnete, für die er mehr empfand denn Freundschaft oder Kollegialität, sie es zuerst erführen.

Er verlangte, dass sie ihm unverblümt ihre Meinung mitteilten, denn diese bedeutete ihm besonders viel.

Die Kinder nickten ernst, und es war allen anzumerken, wie sehr sie sich am Herzen lagen.

Kathrin traf sich wieder oft mit ihrer Freundin Lena und erzählte ihr bei der ersten Begegnung, was sich auf Föhr ereignet hatte, und dass man vermutete, Hannah sei tot. Lena war für Kathrin da. Sie war ihr eine wichtige Stütze und half ihr bei der Verarbeitung der Ereignisse.

Einen Monat später, die Schule hatte wieder begonnen, stand am frühen Abend ein Kriminalbeamter vor der Haustür der Familie Bremeke.

Oliver hatte sich in sein Zimmer zurückgezogen und saß, wie so oft in letzter Zeit, mit geschlossenen Augen und die earbuds in seinen Ohren, auf seinem Bett. Von dem, was um ihn herum geschah, bekam er nichts mit.

Kurz zuvor hatte er mit seiner Freundin, die weiterhin auf Föhr in einem Sanatorium lebte, telefoniert und beide beschworen abermals ihre Liebe zueinander. Glückselig genoss er seine Lieblingsmusik.

Kathrin übernachtete bei Lena, worüber beide froh waren. Ihr Vater hatte es großzügigerweise erlaubt.

Denn Menschen gegenüber legte er neuerdings eine eigenartige Skepsis an den Tag.

Besonders denjenigen, die die er nicht kannte, trat Robert, seit seinem Klinikaufenthalt und dem Tod seiner zweiten Frau, äußerst misstrauisch gegenüber.

Erst nachdem der Unbekannte nachwies, zweifelsfrei von der Polizei zu sein, gewährte Robert ihm den Zugang zum Haus.

Es stellte sich heraus, dass er der leitende Ermittler im Fall von Hannahs Tod war. Er hieß Markus Bock und hielt unter dem Arm deren Laptop, auf dem allerlei Informationen über die Familie und andere Personen gespeichert waren.

„Wir stießen zufällig auf diverse verschlüsselte Dateien auf diesem Laptop, den wir versteckt im Schlafzimmerschrank ihres Ferienhauses fanden. Wir wunderten uns, dass Ihre Frau den PC vor ihrer Familie verschloss, und wurden neugierig. Unsere Spezialisten entschlüsselten den Inhalt und untersuchten ihn genauer.

Was wir entdeckten, ließ sogar uns erstaunen, und das heißt schon etwas. Wenn ich Ihnen enthülle, was sich darauf befand, dann nur, wenn Sie mir im Gegenzug versprechen, mit niemandem, auch nicht mit Ihren Kindern, darüber zu reden", legte er Robert nahe.

Dieser wurde unruhig und fragte sich insgeheim, was das BKA an weiteren Informationen herausbekommen hatte, was er nicht bereits wusste.

„Machen Sie es nicht so spannend", erwiderte er.

„Erst, nachdem Sie mir Ihr Ehrenwort gegeben haben, nichts hiervon weiter zu erzählen", blieb der Beamte hartnäckig.

„Okay, ich verspreche es", antwortete Robert.

„Die Daten enthalten streng geheime Informationen über hochrangige Regierungsbeamte, des Weiteren brisante Geschäftsgeheimnisse und unzählige andere sensible Daten. So leid es mir tut. Das ist der Beweis dafür, dass Sie mit einer Frau verheiratet waren, die nicht bloß eine Betrügerin war, sondern eine professionelle Spionin, die ihre Tarnung perfektioniert hatte.

Unsere Nachforschungen ergaben weiterhin, dass Ihre Frau diverse gestohlene Identitäten in sich vereinte.

Nähere Angaben dazu darf ich Ihnen nicht geben.

Wir entzifferten ebenfalls eine Datei mit belastendem Material über den Chemieboss Herrn Gernot Drünenberg. Ihre Frau hat ihn damit erpresst, um ihn dazu zu bewegen, bei ihrem verlogenen Spiel einzusteigen.

Er versuchte, sich aus ihren Fängen zu befreien.

Das Ende dieses Mannes ist Ihnen bekannt.

Den BKA-Beamten Schneider setzte sie ebenfalls unter Druck. Er ist mittlerweile aus dem Dienst ausgeschieden.

Es fällt mir schwer, zu glauben, dass Sie von all dem keine Kenntnis hatten. Bekamen Sie denn nie etwas davon mit? Gab es nie merkwürdigen Anrufe oder unvorhergesehene auftretende technische Störungen?", fragte Herr Bock skeptisch.

Robert überlegte.

Den Verdacht, dass etwas nicht mit Hannah stimmte, bekam er erstmals im Krankenhaus, nach seiner Einlieferung.

Das Durchwühlen seiner Sachen und die merkwürdigen Anrufe, bei denen wieder aufgelegt wurde, sobald er am Hörer war, erklärten sich jetzt auch für ihn. Dennoch lief ihm ein kalter Schauer über den Rücken, denn nun realisierte er, dass er ohne es zu wissen mit dem Feind ins

Bett gestiegen war. Sein einstiges Para-dies entpuppte sich als ein Labyrinth aus Lügen, Verrat und Gefahr.

„Ich hatte wirklich keine Ahnung", flüsterte er.

„Haben Sie die Aufnahmegeräte in Ihrem Haus nicht entdeckt?", hakte Bock nach.

„Aufnahmegeräte? Meinen Sie Kameras?", wunderte sich Robert.

Der Ermittler öffnete den Laptop. Zum Vorschein kamen verschiedene Bildeinstellungen. Alle Räume des Hauses, bis auf das Bad und Gäste-WC waren mit einer Kamera versehen. So hatte Hannah immer jede Kleinigkeit und alle im Blick, wenn sie sich nicht zu Hause aufhielt.

Robert starrte auf den Bildschirm.

„Das ist nicht zu fassen", sagte er entrüstet. Ein Gefühl der Wut, des Verrats und der Scham erfüllte ihn, als er all die Beweise vor sich sah. Die Erkenntnis, dass er mit einer Lügnerin zusammengelebt hatte, traf ihn wie ein Schlag ins Gesicht.

Die Frau, die er so liebte, war eine Spionin, eine Verräterin, die ihre Fähigkeiten für den Höchstbietenden verkaufte.

Sie war eine Meisterin der Täuschung und Verschleierung. Die Firmen und Staaten, für die sie arbeitete, hatten sie fürstlich entlohnt, und er erahnte davon nicht das Geringste.

Er fragte sich, wieso er so naiv war und die Warnsignale übersah.

Die Fragen in seinem Kopf ballten sich zu einem schweren Klumpen zusammen, der sein Herz schneller schlagen ließ.

Er merkte, wie es gegen seine Brust hämmerte und sein Verstand mit jedem Moment klarer wurde. Es war ein Kampf um die Wahrheit, ein Duell zwischen Lügen und Enthüllungen.

Dann stand er auf und begab sich aufgeregt auf die Suche der versteckten, winzigen Aufnahmegeräte.

Der Ermittler folgte ihm. Gemeinsam fanden sie innerhalb kurzer Zeit die meisten Übeltäter und ‚entschärften‘ diese. In Olivers Zimmer suchten sie nicht. Das nahm sich Robert für den nächsten Tag alleine vor.

Am anderen Tag saß er mit seinen Kindern gemütlich beim Mittagessen.

Er erzählte ihnen teilweise von den unschönen Ergebnissen des ‚Ermittlerbesuches‘.

Kathrin fühlte sich bestätigt in ihrem Verdacht.

Hannah war das Mitglied einer gefährlichen Verbrecherorganisation.

Sie hatte es auf die Erfindung ihres Vaters abgesehen.

Ihr einziges Bestreben war, seine Technologie zu stehlen und sie für Geld an Leute weiterzureichen, die sie für ihre eigenen finsteren Zwecke nutzten.

„Ich muss euch noch etwas mitteilen", gab Robert kleinlaut zu und die Geschwister merkten, dass seine Neuigkeiten nicht zu ihrem Besten waren.

„Der Ermittler hat mir angeraten, mit euch für einige Zeit in einem sogenannten Zeugenschutzprogramm unterzukommen. Wenigstens so lange, bis es ihnen gelungen ist, die Organisation, samt der Hintermänner, für die Hannah arbeitete, ins Gefängnis zu bringen.

Sie rechnen damit, dass dies in spätestens einem Monat sein wird. Bis dahin sind wir hier nicht sicher.

Deshalb habe ich eingewilligt und das bedeutet, wir werden in drei Stunden abgeholt. Packt bitte das Nötigste zusammen."

Die beiden sahen ihren Vater entsetzt an.

„Das geht doch nicht. Was wird aus der Schule und deiner Forschung? Wir können nicht einfach alles verlassen", schimpfte Kathrin und ihr Bruder nickte.

„Um das Haus kümmern sich Oma und Opa. Wir sind nicht für immer fort, lediglich so lange, bis geklärt ist, wer der Strippenzieher hinter all dem ist. Bitte glaubt mir, das ist für uns besser so. Ich war zuerst auch nicht bereit, mich ins ‚Exil‘ zu begeben.

Der Ermittler hat mir jedoch vor Augen geführt, was geschieht, wenn wir diesen Schritt nicht wagen.

So bedauerlich es ist, aber wir befinden uns in großer Gefahr.

Unsere Sicherheit, unser Leben, unsere Zukunft stehen auf dem Spiel", erklärte Robert die Situation seinen Kindern, und gemeinsam sammelten sie das Nötigste und warteten darauf, abgeholt zu werden.

Der Ermittler erklärte ihnen ebenfalls, wie wichtig dieser Schritt sei und dass sie unter keinen Umständen Kontakt zu ihren Freunden oder Großeltern aufnehmen dürften.

Deshalb kassierte er die Handys und andere Computergeräte ein, mit dem Hinweis, dass sie diese wieder in Empfang nehmen könnten, sobald die Gefahr vorüber und sie in Sicherheit seien.

Das abgelegene Anwesen lag versteckt in den tiefen bayerischen Wäldern.

Umgeben von undurchdringlichem Gelände und einem verschlungenen Netz aus unmarkierten Pfaden, war es ein Ort, den man nur schwer fand, fernab von jeglicher Zivilisation. Das perfekte Versteck für Menschen, die vor einer tödlichen Gefahr flüchteten.

Das Haus selbst war ein rustikales, einsames Landhaus aus Stein.

Ein gewundener Kiesweg führte zur massiven hölzernen Haustür. Die gesamte Umgebung war von einer eisigen Stille durchzogen, die nur durch den heulenden Wind unterbrochen wurde.

„Dass es so eine unberührte Natur in Deutschland gibt, hätte ich nicht gedacht. Hier ist absolut tote Hose", bemerkte Oliver geschockt.

Im Inneren des Safe-Hauses herrschte eine seltsame Mischung aus Wärme und Kälte. Das Wohnzimmer war mit einem riesigen Kamin ausgestattet, der an bitterkalten Abenden behagliches Wohlfühlen spendete.

Der Boden, bedeckt mit einem dicken Teppich, dämpfte die Geräusche ihrer Schritte. Gemütliche Ledersessel umkreisten einen massiven Eichentisch, auf dem eine Karte der Umgebung ausgebreitet war.

Die Küche ausreichend ausgestattet, mit einem modernen Gasherd und einer großen Insel in der Mitte.

Hier bereitete die Familie ihre Mahlzeiten vor.

Die Vorratsschränke gefüllt mit haltbaren Lebensmitteln, um sicherzustellen, dass sie eine Weile ohne Nachschub auskamen.

Im Obergeschoss gab es drei Schlafzimmer, jedes mit einem eigenen Badezimmer. Die Betten ausgestattet mit warmen Daunendecken und flauschigen Kissen und die Fenster versehen mit undurchdringlichen Vorhängen, um neugierige Blicke fernzuhalten.

Aber, wer verirrte sich schon hierhin?

Das Herzstück des Safe-Hauses war der sichere Raum im Keller, den dort niemand vermutete. Dieser war mit einem hochmodernen Sicherheitssystem ausgestattet, das biometrische Zugangskontrolle und eine dicke Stahltür umfasste. Hier würden sie im Ernstfall Zu-flucht suchen, wenn die Bedrohung zu nah kam, wo-von das BKA jedoch nicht ausging.

Die erste Nacht in fremder Umgebung verlief für die Drei unterschiedlich. Während seine Kinder relativ schnell einschliefen, wurde Robert von Albträumen heimgesucht, in denen Unbekannte ihn jagten.

In den darauffolgenden Tagen verhielt er sich noch misstrauischer als sonst.

Zwar waren sie vorerst sicher, obwohl die Gefahr nicht vorbei war.

Ihm war bewusst, dass sie sich weiterhin versteckt halten mussten, um der Verbrecherorganisation zu entkommen, auch wenn der Verlust ihrer gewohnten Umgebung schwer zu verkraften war.

Jeder Schritt nach draußen war ein Risiko. Sie waren vollkommen von der Außenwelt abgeschnitten. Ihre einzigen Verbündeten waren die beiden bewaffneten Wachmänner, Richard und Sebastian, die sie schützten, und sicherstellten, dass ihnen kein Unbefugter zu nahe kam. Nur langsam akzeptierten er und seine Kinder die neue Realität.

Sie versorgten sich und das Wachpersonal mit den begrenzten Vorräten, die hauptsächlich aus Konserven sowie Trockennahrung bestanden.

Um die Zeit totzuschlagen und den Wahnsinn der Isolation zu vertreiben, lasen sie Bücher aus einem Regal, das im Wohnzimmer stand. Sie spielten Gesellschaftsspiele, lösten Rätsel und versuchten, einander aufzumuntern.

Dr. Bremeke verbrachte Stunden damit, seine Notizen zu überarbeiten und an neuen Theorien zu arbeiten.

Doch die ständige Bedrohung und Angst, von den Verbrechern entdeckt zu werden, hing wie ein Damoklesschwert über ihnen.

Und bei alldem vermisste er seine erste Frau und die Kinder ihre wahre Mutter.

Roberts Gedanken kreisten um ihren Unfall. War es nur der Regen, der den Roller zum Ausbrechen gebracht hatte, oder steckte mehr dahinter?

In den dunklen Stunden der Nacht grübelte er über den mysteriösen Unfall nach. Er durchsuchte in Gedanken die Geschehnisse des Unglücks und dachte instinktiv an Sabotage.

Hatte die Verbrecherorganisation tatsächlich solche weitreichenden Mittel und Verbindungen, dass sie sogar den Tod seiner Frau verantworteten?

In wieweit war Hannah darin verstrickt?

Die Tage verstrichen zu Wochen, nichts tat sich.

Erst nach unendlichen anderthalb Monaten der Isolation, des Grübelns und des Bangens um ihr Leben, erreichte sie eine Nachricht von außen. Der BKA-Ermittler erschien persönlich, um sie zu übermitteln.

Die Verbrecherorganisation war aufgeflogen, ihre Mitglieder verhaftet, die Bedrohung vorbei. Dr. Bremekes Formel sicher.

Die Familie verließ das Safe-House, erleichtert über ihre Rettung, aber äußerlich gezeichnet von den Ereignissen der letzten Wochen. Die drei nahmen sich vor, von nun an ein normales Leben zu führen.

Zu Hause lag auf dem Küchentisch ein riesiger Stapel mit Post und Zeitungen, die sich im Verlauf ihres Aufenthaltes in Bayern angesammelt hatte. Roberts Schwiegermutter sah in regelmäßigen Abständen nach dem Rechten und leerte den Briefkasten.

Nachdem die Koffer ausgepackt, seine Kinder in ihren Zimmern waren und er etwas zur Ruhe kam, setzte er sich mit dem Stapel auf die Wohnzimmercouch und sah ihn durch. Das meiste war Reklame und Tageszeitungen mit veralteten Informationen. Doch ein Brief stach ihm sofort ins Auge.

Absender war das Labor, das seine Tauchausrüstung untersucht hatte.

Am Datum erkannte er, dass der Brief vor drei Tagen abgeschickt wurde.

„Relativ frisch", murmelte er vor sich hin und öffnete ihn. Es stand nicht viel dort. Lediglich die Bitte, eine bestimmte Telefonnummer, wochentags zwischen 9.00 Uhr und 17.00 Uhr anzurufen, um Informationen bezüglich der Untersuchung zu erlangen.

Robert sah auf seine Smartwatch, fast 20.00 Uhr.

„Dann bekomme ich diese Infos wohl erst morgen", resümierte er und lief gähnend in sein Schlafzimmer.

Punkt 9.00 Uhr am darauffolgenden Tag griff er zu seinem Mobile und rief besagte Nummer an.

Er war nervös und ein Tropfen Schweiß perlte auf seiner Stirn.

Er hörte das leise Summen der Verbindung und es fühlte sich an, als würde er in ein gefährliches Labyrinth eintauchen, ohne zu wissen, was ihn erwartete.

Während er darauf wartete, dass sich jemand am anderen Ende der Leitung meldete, erinnerte er sich an jenen verhängnisvollen Tag seines Tauchganges.

Es war ein sonniger Tag, an dem er auf den Weg zum Schiff fuhr, begleitet von Hannah. Er liebte das Meer, war ein erfahrener Taucher, hatte unzählige Ereignisse in den Tiefen des Wassers erlebt. Doch dieser eine Tauchunfall hatte sein Leben für immer verändert.

Das glitzernde Meer vor ihm versprach damals Abenteuer und Entdeckungen, wie er sie nur beim Tauchen erlebte.

Mit seiner zuvor sorgfältig geprüften Tauchausrüstung und auf seine bevorstehende Expedition vorbereitet, begab er sich ins kühle Nass.

Vorab hatte er ein Gespräch mit dem Kapitän geführt und Hannah blieb alleine bei seiner Ausrüstung.

Kaum hatte er im dritten Tauchgang die nötige Tiefe für sein Experiment erreicht, bemerkte er, dass etwas nicht stimmte. Seine Atemluft schien anders zu sein, als er es gewohnt war.

Ein merkwürdiges Prickeln durchzog seine Lungen, und er kämpfte darum, ruhig zu bleiben.

Tiefer in die Dunkelheit des Wassers vordringend, entfaltete das Helium, welches Hannah zugefügt hatte, seine Wirkung. Roberts Gedanken wurden wirr, und die Welt um ihn herum verschwamm.

Er kämpfte verzweifelt gegen die Reaktion des Gases an, aber es schien aussichtslos. Doch dann geschah etwas Unerwartetes. Er war unfähig, es zu erklären. Für ihn war es ein Wunder, dass er es zurück an die Oberfläche geschafft hatte. Auch, wenn er das Schiff mehr tot denn lebendig erreichte.

Endlich meldete sich jemand am anderen Ende der Leitung, stellte sich mit Dr. Erwin Knapp vor, der Verantwortliche für die Untersuchung seiner Ausrüstung. Er eröffnete das Gespräch mit den Worten:

"Dr. Bremeke, Sie wissen sicherlich, dass Ihr Tauchunfall kein Unfall war, sondern ein Mordanschlag. Nur gut, dass die manipulierte Ausrüstung sichergestellt wurde, und wir die Beweise an die Polizei übergeben haben."

Robert vermutete es zwar, dennoch traf ihn dieser Satz wie ein Schlag in die Magengrube.

Dr. Knapp erklärte ihm, dass ihre Untersuchungen ergaben, dass jemand das Ventil an seiner Tauchweste so manipulierte, dass es langsam Helium in die Atemluft mischte, ohne dass er es bemerkte.

Schlagartig wurde Bremeke bewusst, dass so ein teuflischer Plan nur von Hannah vollstreckt wurde.

Er hoffte, dass sie wirklich tot war, denn wenn er ihr noch einmal begegnen würde, hätte er sich nicht unter Kontrolle, das spürte er.

Egal, ob sie lediglich ein Werkzeug in einem größeren Netzwerk war, das ebenfalls nicht mehr existierte.

Er strebte für seine Kinder und sich ein alltägliches Leben an, ohne Überraschungen oder Konflikte.

Dafür nahm er jede Last auf sich.

Seine Tochter und ihre Freundin Lena saßen gemeinsam auf einer Bank im Park. Die Sonne schien warm auf ihre Gesichter, während sie über das Erlebte sprachen.

„Kathrin, ich fasse noch immer nicht, was ihr durchgemacht habt", sagte Lena mit einem Hauch von Bewunderung in ihrer Stimme.

„Ihr habt euch so mutig gegen die Verbrecher gestellt."

Kathrin lächelte.

„Es war keine leichte Entscheidung, aber wir hatten keine andere Wahl, da wir die Technologie verteidigen und nicht zulassen durften, dass sie in die falschen Hände gerät.

Ich werde nie vergessen, wie nah wir am Abgrund waren und wie wichtig es war, das Gute zu schützen.

Weißt du, Lena, es ist schon verrückt, dass wir diese crazy Zeit erlebt haben. Beginnend mit Hannah, den Ereignissen auf Föhr, bis zur Verfolgung durch die Verbrecherorganisation und die Unterbringung in dem Safe-House. Das war wie aus einem anderen Leben.

Mir wird übel, wenn ich darüber nachdenke, dass sich meine Vermutung, Hannah war hinter dieser Formel her und setzte alles daran, um an sie heranzukommen, jetzt endgültig bestätigte.

Wir sind der Meinung, dass sie meine Mutter töten ließ, um ihre Position einzunehmen und an die Informationen zu gelangen. Dafür unternahm sie alles. Sie versuchte, meinen Vater um den Finger zu wickeln, ihn einzulullen, um ihm die Formel zu entlocken."

Lena nickte zustimmend:

„Ja, es war aufregend und gruselig zugleich. Ich bin so froh, dass ihr das alles überstanden habt, in Sicherheit seid und dass die Erfindung deines Vaters in verlässlichen Händen ist. Zum Glück ist die Wahrheit ans Licht gekommen.

Ich will mir gar nicht vorstellen, wie es wäre, wenn Hannah und die Verbrecher tatsächlich die Erfindung an sich gerissen hätten."

„Genau", erwiderte Kathrin und ergänzte:

„Wir sind zwar nicht mehr im Zeugenschutzprogramm und führen endlich wieder ein normales Leben. Aber ich frage mich manchmal, ob es wirklich vorbei ist. Ob es andere Gefahren gibt, die wir nicht kennen."

Ihr Vater sah das ebenso. Um sich von den schrecklichen Erlebnissen abzulenken, setzte Robert seine Arbeit unermüdlich fort.

Sein Ziel war, die Welt mit seiner bahnbrechenden Formel zu bereichern. Aber sein Herz trug weiterhin die Narben des rätselhaften Unfalltodes seiner ersten Frau in sich.

Die Frage, warum sie so unerwartet starb, war nach wie vor - trotz eines Verdachts- unbeantwortet und der Schmerz darüber unerträglich.

Wie ein Schatten schwebte er über dem gemeinsamen Familienleben.

Mit den Informationen, die er mittlerweile gesammelt hatte, war er wie Kathrin der Meinung, dass mehr hinter dem mysteriösen Unfall steckte. Er war fest entschlossen, die Umstände des Todes seiner ersten Frau aufzudecken und Gerechtigkeit walten zu lassen.

Dr. Bremeke intensivierte seine Nachforschungen.

Er sammelte alle verfügbaren Beweise und Informationen bezüglich des Unfalls. Dazu gehörten Polizeiberichte, medizinische Unterlagen und Fotos vom Unfallort.

Er notierte, was ihm verdächtig erschien.

Doch seine Kenntnisse als Wissenschaftler reichten nicht aus, um den Fall allein zu lösen.

Deshalb knüpfte er Kontakte zu Experten auf dem Gebiet der forensischen Untersuchungen und Sachverständige, um ihre Meinungen einzuholen.

Parallel zu den offiziellen polizeilichen Nachforschungen beauftragte er einen privaten Ermittler.

Die Suche nach der Wahrheit war für Robert ein nervenzerreißender Prozess. Ihm war bewusst, dass dies gefährlich war. Gleichzeitig war er fest entschlossen, die Umstände des Todes seiner Frau aufzudecken.

Je tiefer er in den Fall eindrang, desto klarer wurde ihm, dass er sich in einem Netz aus Verschwörungen und Intrigen wiederfand.

Die Verbindung zwischen der zerschlagenen Verbrecherorganisation und dem vermeintlichen Unfall seiner Frau war komplexer, als er es sich je vorgestellt hatte.

Und verzweifelt nach Antworten suchend, erahnte er nicht, dass die Wahrheit ihn an den Rand des Abgrunds führen würde.

Immer tiefer in das Geheimnis des scheinbaren Unfalls seiner Frau eintauchend, geriet er zunehmend in Gefahr.

Seine Ermittlungen brachten ihn in Kontakt mit zwielichtigen Gestalten.

Er erkannte, dass die Verbrecherorganisation, die sich für seine Formel interessierte, für den Tod seiner Frau verantwortlich war.

Der private Ermittler stieß schließlich auf Hinweise, die auf Sabotage am Motorroller hindeuteten.

Die Beweise verdichteten sich.

Dr. Bremeke erkannte immer deutlicher, dass er auf dem richtigen Weg war.

Schließlich, nach Wochen mühsamer Recherche, kam der Durchbruch. Eine verdeckte Quelle enthüllte brisante Informationen.

Es stellte sich heraus, dass Kathrins und Olivers Mutter unbewusst Zugang zur Formel ihres Mannes erlangt hatte und bedroht wurde, um diese herauszurücken.

Doch sie weigerte sich, drohte mit der Polizei.

Der Unfall wurde inszeniert, um sie zum Schweigen zu bringen.

Mit diesen Erkenntnissen wandte sich Dr. Bremeke an die Strafverfolgungsbehörde.

Der ermittelnde Staatsanwalt freute sich, mit den neuen Beweisen, den führenden Köpfen der zerschlagenen Verbrecherorganisation weitere Jahre im Gefängnis zu verschaffen.

Erst jetzt, nach all den Strapazen und Sorgen, mit einem Gefühl der Erlösung, war es für Robert, Oliver und Kathrin möglich, hoffnungsvoll in die Zukunft zu sehen.
Wissend, dass die Formel, die Unschuldigen das Leben kostete, die Welt in vielerlei Hinsicht zukünftig veränderte.